张苏逸 / 著

身不由己

SHEN BU YOU JI

时代出版传媒股份有限公司
安徽文艺出版社

图书在版编目（ＣＩＰ）数据

身不由己/张苏逸著.—合肥：安徽文艺出版社,2024.4
ISBN 978-7-5396-7882-5

Ⅰ.①身… Ⅱ.①张… Ⅲ.①长篇小说－中国－当代 Ⅳ.①I247.5

中国国家版本馆CIP数据核字(2023)第216942号

出 版 人：姚 巍
责任编辑：张星航　　　　　　　　　封面设计：秦 超
....
出版发行：安徽文艺出版社　　www.awpub.com
地　　址：合肥市翡翠路1118号　邮政编码：230071
营 销 部：(0551)63533889
印　　制：安徽新华印刷股份有限公司　(0551)65859551
....
开本：880×1230　1/32　印张：7.625　字数：142千字
版次：2024年4月第1版
印次：2024年4月第1次印刷
定价：38.00元
....

（如发现印装质量问题，影响阅读，请与出版社联系调换）

版权所有，侵权必究

特别声明

本书故事情节与人物均为虚构，与作者本人及作者身边人没有半毛钱关系

一

我跟邱婷的散伙饭,到场的还是七年前我们结婚时来的老朋友。

邱婷左手拿离婚证、右手拿红酒杯对大家说:

"我跟何一婚姻虽然破裂,但友谊还在。前后大家都是见证人,感谢大家这几年的关心。"

喝完酒,邱婷似笑非笑地看着我说:"你也说两句吧。"

我重新倒一杯白酒说:"我跟邱婷,离婚不离家,以后一个桌上吃,两个卧室睡,各自安好。"

我说完不自觉地看了一眼邱婷闺密杨妮妮,杨妮妮对我露出不屑的表情。

老莫笑起来,说我们俩离婚像做生意一样理性,好歹争夺一下财产,打打官司,给徐锐多个业务,反正输赢都是自己人。

徐锐摆摆手:"我可不接,他俩我帮谁都不合适。"

杨妮妮略带轻蔑地说:"邱婷和何一的财产,还用争论吗?"

我不说话,老莫怕我尴尬,回应杨妮妮:"人家里的事,你也未必都清楚。"

杨妮妮回:"他们的事我再清楚不过了。"

邱婷礼节性地帮我打圆场:"其实何一挣的钱都在我这儿,一时半会儿扯不清,所以暂时一起过,反正三室一厅够两个人住。"

邱婷跟杨妮妮喝完一整瓶红酒,说要先回去休息,准备把饭钱付了让我们慢慢喝。我说我埋单,邱婷不答应:"说好今天散伙饭我请,现在你是你,我是我。你们慢慢喝。"

我没法反驳,杨妮妮挽着邱婷走了。一直不说话的凡凡说明天医院里忙,站起来也要走。我留凡凡多坐一会儿,凡凡瞟了我一眼:"今天我也没心情喝酒,改天再聚。"

三个女人走后,老莫和徐锐我们仨又叫了一瓶白酒,徐锐开始说真话:

"何一,我现在最羡慕你,你彻底解放了。"

我摇摇头:"什么叫解放?还没分家。"

老莫说:"从现在起,邱婷这个女强人再不会约束你,你自由了。"

我又摇摇头:"真正的自由不是生活里没人管,而是心里没有人。"

徐锐认可:"我打这么多官司,知道离婚是为了什么,因为两个人过日子的矛盾是没有答案的,离婚就是干脆忘了问题,答案就更不存在了。"

老莫撑了徐锐一句:"你和你老婆都是那么牛的律师,还解决不了自己家的问题?"

徐锐抿嘴:"她不愿离,说是为了孩子。孩子其实没意见,我们怎么样她都可以,每周末能带她去玩就行。"

酒喝完后,我们各自找代驾回家,上车前老莫扶着我肩膀说:"以后可以跟着我做点事,如果你觉得邱婷那边别扭的话。"

我点点头笑:"行啊,大老板。"

回到家里,我洗完澡发现书房里的灯亮着,看见书房里铺好了的新床单,知趣地走进去躺下。快要睡着时看到邱婷给我发了一个微信:书房床都铺好了,早睡。

我回了一个"嗯",邱婷回:我休息了,晚安。

我关上灯,觉得有点不对劲,一下子起身走到主卧门口,推门开灯,发现卧室里空无一人。

二

  我猜想邱婷应该去了杨妮妮家住了。第二天早上睡醒之后，我直接来到徐锐的律所里。徐锐今天没有工作，泡好了茶给我倒上一杯，然后跟我聊天。我问徐锐如果我跟邱婷要分财产是怎么个结果，徐锐对我们的情况了如指掌，告诉我目前我们的收入几乎全靠邱婷的资源关系，是邱婷名下公司接的业务。房子和奔驰牌轿车也是邱婷的，而我名下做药品代理生意的公司只不过是一个空壳子，查起来我捞不到半点好处。我只好叹口气。

  徐锐看出我有点紧张，安慰我说："邱婷不是那种赶尽杀绝的人，她也来找过我。"

  我连忙问徐锐："什么时候？"

  "你们扯离婚证的时候，她就来问过我财产分割的事。"

  我摇摇头："人心啊，都一个样。"

"不完全是为财产,人为自保很正常,但是我能看得出来她对你的不舍,你们复婚我觉得都有可能。"

"绝不可能。"

徐锐想了想,建议说:"你先跟老莫做点事吧,还有你那个医美药品业务,可以多跟凡凡联系,让她给你想个出路。"

我仰头盯着天花板叹口气说:"我和邱婷结婚的时候,凡凡很失望,问我为什么不选她,现在我离婚了马上去找她谈业务,我做不到。"

徐锐惊诧地看着我:"有这事?"

我点点头:"凡凡以前表示过,只要我愿意,她就没问题。"

徐锐恍然大悟:"难怪你结婚后,凡凡很快就跟那个老唐领证了,因为是赌气做的决定,所以离婚也那么快。"

"大概是吧。"我说。

徐锐一脸不可思议:"何一,你真是个妖孽。"

没有想到的是,下午凡凡主动给我打来电话,说要跟我聊聊工作。我问凡凡是不是徐锐跟她说了什么,凡凡一口否认,说见面再聊,随即发了一个餐厅地址给我。

我到了凡凡医院附近的餐厅,刚一坐下,凡凡就开门见山:"这么跟你说吧何一,我从来不愿跟朋友做生意,赢了大家都好,亏了铁定成仇家。以前有邱婷在,女人和女人之间多少都会相互猜忌，现在不同了，所以我可以考虑一下用你的产品。"

我发现凡凡说话一本正经，眼里却流露少许异样的神色。我喝了口水，没说话。

凡凡嘲笑我："你怕我？"

"怕你什么？"

凡凡凑近我："有些话不说明的好，但你知道，我不在工作的事情上谈感情，所以你可以畅所欲言。"

我点点头，想了想："今年有一款药很火，叫荷尔蒙原液，成本低，售价高，有钱的女人都青睐这个，卖十个出去，今年的成本就够了……"

凡凡打断我："打住吧，我知道这个东西，我可不敢在自己医院里试，你有玻尿酸或者胶原蛋白我可以用。"

我说："那个能挣多少钱？不干。"

凡凡给我一个白眼："最讨厌你这样的人，做事眼高手低。"

争论了半天，我坚持要卖荷尔蒙原液，凡凡无奈地说："我们医院铁定不行，这样，我找一家诊所资质的医美场子帮你想办法，我有个闺密叫李丽丽，那是她的店，利润给她，我分文不要。"

"那怎么行？你不要钱算怎么个事？我还不踏实，还怕你不是真心帮忙。"

凡凡冷笑一声:"不要钱,要你人,给吗?先做成事再说钱!"

吃完饭,凡凡说晚上没事,让我陪她一起散散心,最近医院的事把她累坏了。我坐上凡凡的车,凡凡一路开出了市区,开到龙泉山上。停下车,整个城市灯火辉煌,尽收眼底,跑山的摩托车呼啸而过,男女青年在这里谈情说爱。我们来到观景台,凡凡问我心里还有没有邱婷,我不置可否。

凡凡看着山下的城市夜景说:"七八年前你单身,我们也是来这里,我问你话,你半天不说一句,现在还是这个死样子。"

我看着凡凡说:"所以你是可怜我,才想拉我一把?"

凡凡白了我一眼:"打住,我还没你和邱婷过得好。"

旁边有一对情侣,男生在求婚,女生站在用蜡烛围成的心形图案中间,捂住嘴巴表现出惊讶的样子,男生下跪拿出戒指,周围几个朋友一起拍手叫好。我跟凡凡转头看去,男生已经把戒指戴上了女孩的手指,两人开始拥抱亲吻,半天不松开,旁边有人忍不住叫:"可以了,可以了,别亲了,她都答应了!"

仪式结束,这对男女青年欢笑着骑着摩托车离开,剩下一堆没有烧完的蜡烛,凡凡走过去站到蜡烛中间看着我笑:

"当年我结婚，老唐一句今天有空没，我说有，就去领证了，想起来就觉得傻，好像自己不值钱一样，生怕没人要。"

我也笑着说："当年追你的人不少，你自己非要这样选择。"

凡凡释怀地看着我："无所谓，现在我很轻松，除了放假，孩子平时也不需要我带，医院业绩还过得去。"

准备离开时，凡凡忽然牵起我的手，我好奇地看着她。

凡凡满不在乎："牵着走几步，感受一下年轻的时候。"

回程时，凡凡直接把车开到了她家楼下，说要遛一下狗，让我多陪她一会儿，然后回家牵了一条捡来的土狗下楼。我嘲笑她说没想到美女会养这种狗。

凡凡抚摸着狗，头也不抬地说："你懂什么？这种狗听话，它知道自己命贱，才更珍惜主人。去吧，自己玩会儿，别跑远了。"

那狗一转身，朝草丛里奔去。凡凡跟我在小区里沿着步道缓慢地走着，有一句没一句地聊着，突然转身对我说："你回去吧，我都忘了，你们还住一起。我只是今天想叙叙旧，这么多年咱们当朋友习惯了。"

凡凡送我到门口，目送我打车离开。

我回到家，一进门就看到邱婷和杨妮妮坐在沙发上喝着小酒看电视。杨妮妮没说话,邱婷问:"书房住得惯吗?"

"特别舒服。"

邱婷点点头说:"今天妮妮想来家里住。"

我看着杨妮妮,想了想说:"那我在,不太方便吧?"

杨妮妮客气地回答:"没有,怎么会不方便?反正你跟邱婷也不睡一间房。"

我站在门口没动,邱婷说:"进来吧,你洗完澡就去书房休息,我跟妮妮还要喝几口。"

我毫不客气地说:"算了,我把屋子留给你们吧,你们闺密俩好好玩儿。"

我说完穿鞋,杨妮妮看着我:"那多不好意思,今天就委屈你了。"

我给杨妮妮挤出一个微笑,邱婷无动于衷,我转身关门走出去。

我来到楼下,看到邱婷给我发了一条微信:不管住哪里,都早点睡吧。

我回了一条:收到。

邱婷没有再回信息,我直接打车到老莫家的别墅。老莫得知我的遭遇,一脸幸灾乐祸的样子,给我腾出一间保姆房。

老莫说:"我岳父岳母这几天都来了,对不住,小房间将就一下。"

我一笑:"举目无亲的人还敢有要求吗?能给我一张床咱们就够有交情了。"

老莫拿了酒,老莫的老婆露露主动弄了卤菜端过来,我不好意思地看着露露,露露很温和地安慰我:"听说你的事了,家里不方便就安心住这。"

我们在一楼的院子里相对而坐。我一口气把白酒喝完。老莫瞪眼看着我:"干吗?多大点事。"

我叹口气:"人快到中年,竟然无家可归了。"

老莫说:"其实邱婷够意思了,像个男人一样工作,女强男弱,本来就有危机。你缓缓,等我资中的项目启动了,你跟我跑跑,稳稳当当挣点钱。"

我摇摇头:"你的事儿我做不了,我还是干老本行卖药吧。"

老莫跟我碰杯:"真别有压力,邱婷是不会把你扫地出门的。"

我又感叹一声:"昨天还是共处一室,一夜之间就成了寄人篱下,比被扫地出门还窝囊。"

我跟老莫聊了一阵,露露走到院子看了一次,说小儿子睡了,大儿子还不肯睡,语气里带着抱怨,看得出两个孩子让她晚上疲惫不堪,我不好意思地让老莫赶紧去哄儿子,我自己去洗漱。

来到保姆房躺下，望着窗外的黑夜，虫鸣不断，我不能自控地开始想邱婷，想着跟邱婷过往的一幕幕场景。那时候老莫需要做一个文创项目，我跟着老莫干活得以认识了邱婷。我怎么也不会想到饭桌上的一句玩笑——我对邱婷说我对她一见钟情，结果让邱婷信以为真，没过一周就跟我确立了关系。这个事儿让凡凡惊讶不已，凡凡跟我说想找个人过日子，就看我的态度，我毫不犹豫选择了邱婷，凡凡从此再也不单独约我，朋友相聚时才会跟我碰面。那一年我跟邱婷去了一趟欧洲，在巴黎的一个教堂外，我心血来潮说要结婚，邱婷答应了。

我们回来就立即扯证加安排饭局，在饭桌上徐锐、老莫都兴奋至极，杨妮妮面无表情地边跟我碰杯边送着言不由衷的祝福，凡凡喝了几口酒早早退场，后来渐渐疏远了大家。

回忆过后，我发现夏日夜色如此清冷。凡凡给我发来一条微信：我跟闺密说好了，下周碰面聊，振作起来，加油。

我对着信息，心里涌起对凡凡的感恩，回了一个字：好。

三

第二天下午，邱婷主动给我发信息让我早点回家吃饭。我回到家里，见邱婷做了几个菜，桌上放着一瓶红酒，说要跟我喝一点。我不能理解她的行为，她跟我解释，因为杨妮妮觉得这几年我心安理得地住着邱婷的房子，跟着邱婷挣钱，她替邱婷不满。杨妮妮多次劝说邱婷"换人"，不要因为我断送了自己的后半生。昨天杨妮妮非要跟着她回来就是怕她跟我重归于好。

我听了，低头自言自语："她对你比我对你上心。"

邱婷解释道："我跟她说清楚了，我的生活自己知道，她也干预不了。"

我笑笑："现在她能替你物色外面的'野狗'了，家里再没有障碍。"

邱婷眉头皱起来："别这么跟我说话，知道你不高兴。她并不了解你。"

我愤愤地说:"我什么德行我自己知道,她对我的态度也没问题,我活该被人瞧不上。"

邱婷不悦:"现在你跟我说话还真不客气。"

"以前当然不敢这么说话,你是女强人,我得维护你的形象,不过以后不会拖累你了。"

邱婷压住气,自己喝汤。我端起饭碗夹菜,家里顿时安静下来。邱婷想跟我说什么,但欲言又止。我吃完一碗饭对邱婷说:"我会尽快收拾东西搬走。"

邱婷几乎同时说:"你不要再去别人家住。"

我们俩都愣住看着对方,我低下头去。

邱婷放下强势的姿态,温柔了很多:"这里还是你的家。"

我洗了澡很早进入了书房,邱婷走进来问我为什么这么早就上床。我打开手机看着抖音,回了一句:"在床上才有安全感。"

邱婷没多说话,把门带上。深夜我失眠了,在书房的床上翻来覆去,感觉越来越难受,索性溜出门去,此时邱婷已经睡着了。我开车在城里瞎逛,竟然鬼使神差开到了凡凡家楼下。我拿出手机打给凡凡,未接通时又挂断,心里忐忑不安。现在的家让我觉得别扭,是凡凡给了我温暖。

我在车里梳理了一遍自己的现状:何一,男,今年三十五,毫无建树。邱婷人美丽又独立,与我结婚近七年未曾生育。凡凡可爱贤惠,独自带一女儿生活,工作上是医院高管,对我体贴入微,我心里知道是何故却不愿提及。

混社会这么多年,一事无成竟然还有人垂怜,说不上是幸运还是不幸。那时从医学院毕业,我考了医师证却放弃了做医生的机会,被全家唾骂。后来跟人合伙做传媒公司失败,打几场官司后,跟徐锐交好,又得老莫帮助,苟且生存。最后剩下个空壳药品代理公司几年没发展。

我跟邱婷一起这些年,说是共事,其实全是给她跑腿当跟班,所以杨妮妮瞧不起我。但今日邱婷主动做一桌晚饭,仍然顾及我的情绪,我若在屋里一天,一定不可三心二意。

说服自己后,我驾车赶回家,一路畅通。我悄悄进门,没想到家里亮着昏暗的灯光。邱婷坐在沙发上,我格外惊讶,甚至有些紧张。更意外的是邱婷化了淡妆,看见我回来,对我一笑,我更紧张了。

邱婷微微抚了抚长发笑着说:"胆子大了,敢晚上自己溜出去了。"

"我……开车出去散散心。"

邱婷问我:"你看看我,是现在的我好看,还是七年前的我好看?"

我盯着邱婷的脸,觉得邱婷语气有些奇怪。

我轻声回答:"一样,没变。"

邱婷摸了摸我的脸说:"睡吧,好好睡。"

我在书房不安地度过了下半夜,不知道邱婷是不是失眠。迷迷糊糊到了早上,我起床发现邱婷已经出门了,桌上放了牛奶和面包。我知道邱婷从不吃早餐,不知道桌上的早餐从何而来。

一周后,凡凡喊我和她开医美诊所的闺密李丽丽见面。我们约在日料店碰面,凡凡和李丽丽提前到了并点了酒菜。我看到身着黑色紧身衣、身材凹凸有致的少妇李丽丽差点没挪开眼睛,凡凡看出我的异样狠狠踩了我一脚。我回过神才想起跟李丽丽打招呼。

李丽丽大方开玩笑:"第一次见面就对我色眯眯的,以后我们还怎么合作?"

我礼貌地回敬道:"我工作一向认真,对有气质的女人毫无抵抗力。"

李丽丽对凡凡说:"油嘴滑舌的,你怎么介绍这样的人给我认识?"

凡凡一笑,说:"我欠他的,帮个忙呗。"

我听了一愣,李丽丽也愣住。

李丽丽端起酒杯:"先干一杯,凡凡既然这么说,这事我估计怎么也得帮了。"

我一饮而尽,提醒李丽丽:"不是帮忙,是合作。"

李丽丽摆摆手:"不重要,你不要对不起凡凡就行。"

喝了一晚上,事情聊得很顺利,李丽丽似乎对我的产品很感兴趣,说自己身边有一大群富婆就爱吃这一套。凡凡也可以从医院皮肤和针剂无创顾客里挑选一批人分流到李丽丽店里,一组药利润在七万元以上,如果用私货可以到九万。我跟李丽丽一人分四成,凡凡分两成,李丽丽马上做推广。大家聊得畅快淋漓,李丽丽喝多了以后,跟凡凡吐了一肚子生活的不快,还非命令我当面亲吻凡凡,凡凡拗不过,给我使眼色,我只好抱住凡凡在她脸上轻轻点了一下。

李丽丽不满意地说:"行了,你们别在我面前演戏了,我看你们就走不到一起。反正咱们谁也不差谁的,凡凡,我劝你别犯傻,单身一辈子也别找不爱你的人结婚。"

凡凡反问一句:"那你老公爱不爱你?"

李丽丽哼了一声说:"有的男人不配谈爱情。"

我后来才知道李丽丽老公有多"出色"。这晚李丽丽并没多说老公的事,只是跟凡凡回忆了她们过去的时光,女人的过去,要么一起吃过男人的亏,要么一起挣过男人的钱,要么一起单着都没有男人,两个人三种情况都经历过,情谊坚不可摧。

聊到尽兴处,李丽丽儿子打电话来,非要妈妈回家,老公在电话那头无可奈何地说自己管不住儿子，李丽丽朝着电话喊了一声："你自己儿子都管不住，你还有什么用？"

跟李丽丽散了以后，我叫了位代驾送凡凡回家，在车上我忍不住问凡凡："你为什么要跟李丽丽说你欠我？"

凡凡回答："我实在找不出要帮你这种人的理由，坑人的是你们俩，又不是我，我没压力。"

我问凡凡为什么会喜欢我这样的人，凡凡看着我笑："跟邱婷一样吧，就觉得看着你挺舒服。"

我尴尬地笑起来，凡凡沉默了一下，问我："你说实话，你这个药到底有没有风险？我很怕你乱来。"

"没有，我是属于起步晚，早弄早发财了。"

凡凡真诚地说："我现在并不想你挣多少钱，如果你真被邱婷赶出来，我给你腾地方住，人要踏实才安心。"

我看着对我一片真心的凡凡的脸，点点头，让她的头靠在我的肩膀上。

送凡凡到家后，我赶回家里。一个多星期的分房生活，我和邱婷慢慢习以为常，我不知道为何几年睡一张床都没能完全习惯对方，怎么才分开几天就适应了。邱婷看我回来问衣服要不要洗，我脱下了衣服丢进洗衣机，跟邱婷的衣服混在一起，分开的人的衣服却还搅拌在一起，丝毫没有违和感。

夜里我还没有睡着,昏昏沉沉感觉邱婷走进来,我还没来得及反应,邱婷进了被窝,在身后轻轻抚摸我的肩膀。这种感觉让我一时鼻酸,转过身面对邱婷,看见邱婷流着眼泪,我惊讶地擦了擦邱婷的脸,问她为什么哭。

邱婷说:"你早晚是要从这个家离开的,有个事我不想瞒着你。"

我好奇地看着邱婷,邱婷面对我抽泣不止。我抱住邱婷轻拍她的肩膀,想让她停止啜泣,更想知道邱婷欲说何事,却没想到邱婷在我怀抱中睡着了。

四

早上起来，邱婷跟我摊牌了，她私下里买了一套洋房，写的她爸的名字，邱婷坦言说自己也预料到会跟我走到这一步，家产分配难免会有纷争。

我听了稍有愠气，但是想到自己扯证第二天就找徐锐咨询财产情况，本质上跟邱婷一样都是考虑自己的利益，唯独不同的是家中钱财是靠邱婷一己之力获得的，我是沾着邱婷的光。我问邱婷为何现在才跟我说实话，邱婷对我一直没有二心，去年买房子时才第一次动小心思，没想到提离婚时我什么话也没说，所以良心反而有点过不去，心里难受。

邱婷让我先不要着急搬走，最近她打听到一个项目，市周边一个区的公租房建设，总标额四千万，她刚好有朋友做水电，想拿下其中两千万，只要中标就可以拿百分之二十的返点，到时候这笔钱都给我，大概运作四个月时间，只要对方一签合同就马上打款。我笑着问邱婷这笔钱是不是遣散费，邱婷说不是，是怕现在我没太多积蓄，分开后受苦，这么做她心里会好受点。

邱婷的话让我心酸又感动，我不明白跟她怎么走到了今天这一步。邱婷走后，我打电话给李丽丽催促她赶紧推进药物的事，李丽丽说这几天就落实。我想，要是跟李丽丽合作顺利，我怎么也不会要邱婷的这笔收入，给自己留下最后的体面。

邱婷和杨妮妮约好周末去一趟浙江普陀山，杨妮妮要家里司机送，邱婷却执意要我送，于是我开车把两人送到机场。到了机场，邱婷上厕所去了，杨妮妮站在我旁边，我们像两个陌生人。

杨妮妮架不住尴尬，还是先开口说话：

"今天辛苦你了，还跑一趟。"

我看着机场的天花板说："我以后可能没机会送她了，所以这次我来。"

杨妮妮听了尴尬地笑笑："说实话，我对你个人没意见，只是觉得你们不合适。"

我说："我清楚，别的优点没有，自知之明还是有一点。"

杨妮妮笑："我不讨厌你，可能是我太在乎邱婷了。"

我又说："你也没坏心眼，我们也没交集，你帮她找个更好的。"

杨妮妮看着我如此平静，反而有些意外。

杨妮妮问："何一，你挺恨我的吧？"

"挑拨是非的人是很遭人恨，但邱婷以后能过好就行。再说你也不用在意我怎么看你。"

"这倒是实在话，我虽然不喜欢你，但你人真不坏。"

"邱婷不喝牛奶，从不吃早饭，夏天离不开冰可乐，你有本事就把这些习惯给她改过来，我一定感谢你。"

杨妮妮看着我，认真点点头，我们俩笑起来。邱婷过来看我们说笑，很奇怪两个水火不容的人为什么会这样。邱婷和杨妮妮过了安检，我望着邱婷的背影，她回过头向我挥挥手，杨妮妮也主动挥挥手，跟邱婷一起转身走向了登机口。

邱婷离开的这一周，李丽丽跟我的合作很快达成了。我做了一个简单的产品包装，李丽丽在自己的老客户里筛选了二十来个富婆客户，搞了一次沙龙活动。活动当天我穿着白大褂，戴上了黑框眼镜，打扮成一个中国台湾的专家，凡凡见到我的打扮惊讶得说不出话。我不紧不慢地介绍着荷尔蒙原液产品，底下一群富婆客户听得极为认真，我用半真半假的台湾腔说完之后，几个富婆客户很感兴趣，七嘴八舌地问问题，我一一解答。散会时，有三个人当场交了定金。

晚上我请李丽丽和凡凡吃饭，李丽丽笑得合不拢嘴，频频跟我碰杯喝酒,凡凡一脸晦气地看着我,把我看得莫名其妙。

我问:"你干吗呀?今天交定金的这几个下周一做,咱们一人好几万到手。"

凡凡别扭地说:"何一,我以前觉得你挺内敛含蓄,今天才发现你这么不要脸,竟然招摇撞骗。"

李丽丽一听笑得更厉害:"我的天,何一演讲的时候那个劲,估计他自己都信了,我在下面是忍了又忍才没笑出声来。"

我对李丽丽说:"这个原液我从私货渠道进货,保证每个人的利益最大化。"

李丽丽笑着答应:"你看着办,只要有效就行。"

凡凡不安地问我:"确定没有风险吗?"

我自信地回答:"不可能有风险,市场上这种药很少见,顾客没有对比,现在整个南方只有三个城市在做,还都是小范围推广,几乎都是台湾地区的医生在用,打完就跑。"

我们喝酒时,老莫给我打电话,问我在哪里,说要过来找我。我给老莫发了定位,老莫很快开车赶来,跟凡凡打过招呼以后,直接掏出手机要加李丽丽的微信,让李丽丽略感意外,问凡凡身边怎么尽是那么直接的人。老莫直截了当地说因为李丽丽好看,又是凡凡的闺密,就不需要遮遮掩掩。

我问老莫怎么想起来找我,老莫说今晚不用带孩子,刚刚应酬完,不想早回家。李丽丽听完叹息说又是一个有家不愿回的人,跟自己一样。

更巧的是,老莫和李丽丽在聊天时提起老家,竟然来自同一个地方,甚至小学都是同一所学校,两人在隔壁班。这让李丽丽高兴不已,自从离开了老家,至今为止还没有遇到过同学。两人开始推杯换盏,我跟凡凡举杯陪同,不知不觉畅聊到凌晨,李丽丽明显有点晕,凡凡也开始酒劲上头。上厕所时,我偷偷问老莫:"难道真的跟李丽丽是老乡?"老莫红着脸说:"狗屁,我只是以前去她老家那旅游过,这李丽丽我还挺中意的。"

从餐厅出来,李丽丽被老莫搀扶上了他的车,老莫叫了代驾,一溜烟没影了。凡凡看着我问:"怎么办?"我说:"我送你回家。"车上,凡凡还是靠在我的肩膀上,不断让代驾开慢一点。车在滨江路上缓慢行驶,司机每一次刹车凡凡都轻轻掐一下我的胳膊,我问凡凡是不是很难受,凡凡摇摇头,抬抬头看着我问:"你累吗?"

"还好,不累。"

"我是问你心累吗?"

"为什么这么问?"

"今天我看到你在演讲时的样子,丽丽觉得很好笑,我却觉得很心酸，为什么你需要扮演一个小丑，哗众取宠才能过下去？"

我冷静下来，轻轻回答："为了生活呀。有钱，我才有底气跟人打交道。人到中年了，最让人有安全感的真的就是财富。"

到凡凡家以后，凡凡说今天女儿在前夫那边住，还说次卧被子都铺好了。我没有拒绝，跟着凡凡上楼，凡凡给我拿了新的浴巾和牙刷，我洗完澡后在次卧房间躺下，床很小，满屋都是卡通贴画和玩具，墙上挂着凡凡和她前夫的照片，像一张电影海报，凡凡身着婚纱，与爱人牵着手，眼睛里却没有半点幸福的样子。

凡凡洗完进来，给我倒了一杯温水，我喝完后，她坐在床边没有离开。我忍不住问凡凡，现在跟我在一起会不会觉得心里别扭，凡凡说女人之间的友情都是脆弱的，表面过得去就好。凡凡说完试探着靠近我，我没有拒绝，她干脆把我抱住，头埋在我的胸口深呼吸几次，接着起身走进了自己的卧室。

邱婷从普陀山回来后情绪好了很多，除了工作，还多了一个任务，每天按时跟那边新认识的大师汇报思想。客厅的茶几上多了一本训诫书，邱婷每天晚上都要认真看上一阵，嘴里喃喃自语，然后开始和大师交流心得。我问邱婷怎么回来以后魔怔了,邱婷说这是灵魂得到洗涤,那个大师让她开窍了。我问哪方面开窍了,邱婷回答——你。

邱婷白天忙碌,而我在家等着李丽丽那边客户的消息,李丽丽营销能力不错,不断有女顾客咨询荷尔蒙原液的事,交定金的人不少,李丽丽粗算了一下,目前的利润已经达到了三十多万,也就是说月底我俩每个人都有十来万到手。我体会到凡凡和李丽丽的重要性,挣这个钱比为邱婷工作让我更有底气,这是两种不同的感觉,一个是合作共赢,一个是给老板打工。

我在家舒舒服服躺了两天,盘算着月底钱到账后干点什么,邱婷那边公租房项目水电总包已经出来,她拿了分包公司的资料和负责人信息,让我跑一趟直接去谈。

出发时,我在小区大门口看到一辆黑色奥迪牌汽车开过来,杨妮妮摇下车窗让我上车。我坐上车,惊讶地看着杨妮妮,杨妮妮目视前方,不等我问就解释:"邱婷怕你一个人应付不过来,让我帮个忙,事情我都清楚,到时候我跟对方谈就行。"

"那为什么还要我去?"

"这个项目是邱婷为你拿的,你当然要去。"

"跑个腿做做样子等着拿钱,明白了。"

"你不明白,邱婷对你始终放心不下。"

"嗯，我会让她放心的。"

"她会的，这次我们去普陀山，大师指点了她。不过你放心，你担心的那些习惯我会监督她的。"

"感谢。"

在项目负责人的办公室里，杨妮妮三言两语就把该说的都说清楚了，我在旁边没有插一句话，因为邱婷前后都已经打点好了，负责人高高兴兴地把我们送到楼下。开回市里后，我准备下车，杨妮妮主动说想跟我一起吃个午饭，把车开到一个商场里。

饭点早就过了，我和杨妮妮都饿了，饭菜端上来先狼吞虎咽吃了一阵。杨妮妮擦擦嘴问我接下来有什么打算，我说月底一到我就搬走，回自己的小房子住，过几天先找个阿姨去做清洁。

"你知道吗？何一，那天在机场跟你聊了以后，我发现我对你有些偏见。"

"没有，你看到的就是事实。"

"是，这么多年来，我一直以为邱婷养了一个小白脸，从你们结婚那天起，我就不赞成这样女强男弱的婚姻，我的老公挣钱多，还服我管，我对他还经常发脾气，所以我总觉得邱婷跟你结婚很不值。"

我听了心里暗骂，老公挣钱多、服你管，还被你骂，这种婚姻最后多半得夭折。我笑着回应：

"邱婷就没你这个命，你对邱婷这上心的样子，我都怀疑你喜欢邱婷。"

"当然喜欢，我们是最好的闺密，去普陀山的一路上，邱婷跟我说心里放不下你，看得出来你也放不下她，是吗？"

我犹豫了一下，实话实说："都过去了。"

"你们说到底不是一个世界的人，就算我不劝邱婷，你们迟早会有这一天。"

我看着杨妮妮："话难听，理没错，邱婷有你这个闺密是她的荣幸。"

"那天在机场我才发现你人很大度，生活里你应该很包容邱婷。没想到，你们分开了我才开始对你有好印象。"

杨妮妮一边表达着我极度配不上邱婷的事实，一边又对我做出认可我的为人的样子，让我极为别扭。

吃完午饭，杨妮妮离开前跟我说她和邱婷月底还得去普陀山一次，大师给她们定制了手串，得按时去拿。她顺便给我看了一眼大师的照片，大师五官俊朗，浓眉大眼，鼻子挺拔，戴着一副金丝眼镜，显得儒雅。我说这家伙一看也就二十五六岁，怎么就做大师了，杨妮妮说所以人家受欢迎，年轻有为，开导过无数迷途男女，现在社交媒体账号粉丝已经过百万了。我附和说："你们身边的高人太多，我真要好好反省一下。"

杨妮妮用安慰的语气说:"人都有自己的命,你努力一点,以后过得也不会差,加油吧。"

五

　　我和李丽丽的合作越来越顺利，荷尔蒙原液卖给了一批人后，我又引进了干细胞培养药物，假装在人身上抽点血，培养一段时间后混合药物再注入体内，可以延缓衰老。李丽丽似乎在我身上也找到灵感，放掉了一批消费能力低的顾客，朝着高消费群体深挖勤采，收获颇丰。终于有一次在分账的时候凡凡对我们的不满达到了上限，说我们就是骗子，我和李丽丽不以为然。凡凡建议我们还是以常规针剂为主，被我一口否决。

　　我问凡凡："为什么要做高价产品，富贵险中求懂吗？"

　　凡凡瞪我一眼："中国医美市场就被你们这群人给搞乱的。"

　　我开导凡凡："对待有些女人，你这种良性引导是行不通的，她们根本不屑几千块的玻尿酸和紧致针，她们就需要人哄，需要包装的高价项目满足她们的消费心理。"

李丽丽附和："就是，这些女人真去你们的医院，说不定根本不买账，有些人就只喜欢听假话。"

凡凡无可奈何地说："是的，不是你们坏，是这些人太无知。"

这天，老莫跟徐锐在喝酒，听说我们在一起，硬是把我们叫到酒吧里。李丽丽是个人来疯，老莫不停跟李丽丽碰杯，我在一旁附和着，凡凡在桌下扯了我多次，我让凡凡别担心，都是成年人，有什么事自己负责。凡凡愤怒地给我倒酒，李丽丽喝一杯就让我也跟着喝一杯。老莫跟李丽丽这一晚聊得极为投缘，两个人趁着酒劲，勾肩搭背诉说起了人生。李丽丽跟我们说，之前有个老女人看上了自己老公，趁着那段时间跟老公闹矛盾，老女人一直催促他离婚，跟她在一起，当时自己也傻，非不离，最后这女人仗着有钱直接拿出五十万元给李丽丽，要签协议，两人永不和好，男方可以去看孩子。李丽丽倒不是看重这五十万，而是想到自己跟老公的爱情竟然可以让一个外人用钱"买断"，觉得没劲，想了两天答应了。

李丽丽说的事情让我们都很意外，后来想想又觉得是意料之中。老莫趁机示好，把李丽丽的手拉起来说："这种男人，怎么配和你在一起？"

李丽丽说:"狗男人,当时收好几件衣服就走了,结果不到一年,受不了老女人打人的癖好,经常被家庭暴力,又哭着回来求我收留,说还是我好。我让他滚,结果他天天去学校门口等孩子,送回来以后就在小区里转悠,晚上睡在家门口,这让我怎么做人?只能把他放进来将就住着。"

凡凡忍不住骂了一句:"真不要脸。我以为他离开你是因为你强势,结果还有那么一档子事。"

李丽丽叹口气说:"现在麻烦事没完呢,那女的找了侦探调查了我们,确定我们又住一起了,直接到法院起诉我要加倍赔偿。"

徐锐一听来了精神:"那现在什么结果?"

李丽丽说:"一审败诉了,根据协议,我得赔偿。"

徐锐思索片刻说:"你打算怎么办?"

李丽丽叹口气:"没办法啊,只能私下协商呗。"

徐锐摆摆手:"你再上诉,我来给你当律师,我有把握。以前我处理过类似的事情。"

李丽丽眼前一亮:"你确定能打赢?"

徐锐一笑:"我有八成把握,有空你来趟律所,把协议带过来给我看看。"

李丽丽激动地抓起徐锐的手,老莫也不失时机地说:"老徐,你有把握就帮丽丽打赢,这个费用我来出。"

我们转头看着老莫,李丽丽意外的目光顿时泛起了一丝柔情。

老莫看到我们的表情,换作义愤填膺的语气:"不为别的,我就是瞧不上这样的男人。"

十二点过后,老莫又扶着喝得半醉的李丽丽离开,徐锐自己打车回家。凡凡还是要我陪她回去遛狗。那土狗像认识了我,见到我格外亲切。凡凡说她这段时间忙,周末得去父母家好好陪陪女儿,问我有没有空。我看着凡凡,凡凡又说自己每次带女儿去欢乐谷都累得够呛,多一个人不那么辛苦。

遛完狗以后,凡凡还是把我送到小区门口,她拉起我的手说:"我的命也没有那么苦,至少不像丽丽生活里还多一个碍眼的累赘,我只不过是少一个喜欢的对头。"

我笑笑,看着凡凡说:"现在我想通了,装三分痴傻防死,留七分正经谋生,我们一起挣钱不挺痛快吗?"

凡凡说:"挺实在的,但我担心你会得不偿失。"

我头脑一热,说:"周末我买票,咱们三人去欢乐谷,陪小朋友玩。"

凡凡听了眼里放光,用力点点头开心地对我笑起来。

第二天上午,我起来走到客厅,桌上摆放着早餐,邱婷坐在沙发上看书。我洗漱完准备出门,邱婷叫住我,让我把早餐吃完。我问邱婷怎么没去上班,邱婷说上午没事,想跟我聊聊,我坐在邱婷旁边,邱婷轻轻靠在我的肩膀上,温和地问。

"何一,你有没有后悔过?"

我问:"你说的是结婚还是离婚?"

"我说的是认识我。"

"从来没有。"

"那我们怎么现在变成这个样子了?"

"是挺奇怪的,在一起的时候争输赢,不在一起了还能认真谈谈感情。"

邱婷说跟我在一起的时候觉得不合适,但不迷茫。离婚以后觉得跟我其实合适,现在很迷茫。一个男人住在自己家里,让她觉得我们还在一起。我说月底铁定搬走,邱婷让我再等等,让她再做点心理准备。

下午我来到李丽丽的店里,换上了白大褂,戴上了黑色眼镜,李丽丽看到我摆摆手:"今天不用装了,客人少。"

我摘下眼镜,李丽丽起身关上办公室的门,开门见山地问我,老莫到底是个怎么样的人,我问李丽丽具体是指哪方面。

李丽丽说当然是感情方面,我立刻知道李丽丽想问什么,假装沉思了半天,然后将老莫是如何被家庭婚姻胁迫,出于责任而不得已接受现在枯燥无味的生活的事情一一道来。不知道李丽丽是无脑还是不想用脑，我自己都觉得能一眼看穿的假话，李丽丽听了却像品尝美食一样津津有味，认真跟我说:"老莫这人吧，见了两次，我觉得有意思。"

我追问:"什么意思？"

李丽丽回:"昨天他把我送回去，一路跟我说了很多，我觉得都说到我心坎去了，这男人让我挺想更进一步了解他。"

我不知道老莫昨晚是用了什么套路，但李丽丽的双眼此刻清澈见底，足见她对老莫上心。我急忙回了一句既避责又能助力的话:"世上没有谁和谁是绝对合适的，感情都看运气，不试试怎么知道？"

李丽丽下午跟我谈后续的工作推动，时不时提起老莫几句，我悄悄发信息给老莫，老莫那边直夸我会办事。我也提醒老莫，让老莫掂量着来，毕竟现在容不得半点意外。老莫说这个他比谁都明白，等她这个官司结束，彻底轻松了再说。

周末到了，徐锐接了李丽丽的案子，跟李丽丽聊了一下午。那天我一早陪着凡凡母女俩去了游乐场，凡凡女儿见过我几次，这次对我最热情，凡凡说是因为她跟女儿说是我买的门票，我说现在小孩子都那么现实，凡凡却说更重要的原因是我能陪她们一起来。

凡凡女儿几乎玩遍了所有的项目，我跟凡凡全是在旁边观看。凡凡女儿每次跟我们招手，我和凡凡都挥手回应。在玩一个宇宙飞船的时候，工作人员用喇叭喊："小朋友不可以单独坐，需要爸爸妈妈陪同！"

凡凡女儿赶紧看向我们，工作人员继续喊："小朋友爸爸过来吧！"

凡凡看着我说："我可不敢坐这个。"

我摇摇头："我也是。"

凡凡女儿跟着喊了一句："爸爸快来，你陪我！"

我和凡凡听了都愣住了，我见她用力向我挥手，鬼使神差地走了过去，跟她一起坐上了飞船，等机器开动的时候，我才想起自己根本适应不了这玩意儿。一阵眩晕过后，我胃里面翻江倒海，大脑也失去了自我，不受控制地吐了起来，呕吐物在空中飞溅。从飞船上下来，很多人对我怒目而视，甚至骂起脏话，我脸色铁青，被凡凡女儿搀扶了下来。走到凡凡面前，我捂住头，凡凡急忙问我难受不难受，拿出湿纸巾给我擦脸，然后对着女儿说："看你，把他弄成这样。"

凡凡女儿顽皮地笑起来，凡凡也忍不住笑起来。吃午饭的时候母女俩笑够了，凡凡忍不住指着我问女儿为什么要叫我爸爸。小姑娘一点不害羞地说："我知道你不敢去坐，所以才叫他陪我，不过你们在一起好般配。"

凡凡转过头看我，我看着凡凡脸上有羞涩的红晕，对凡凡女儿一笑，凡凡却说："不许瞎说，我跟叔叔是好朋友。"

吃完午饭，小姑娘意犹未尽，把玩过的几个项目又玩了几次，我和凡凡都筋疲力尽，只有小姑娘精神饱满，最后我们把她强行带出了游乐场，到了车上她才呼呼大睡起来。凡凡说晚上要单独请我好好吃一顿犒劳我。我们正商量去哪里吃饭，李丽丽打来电话，说跟徐锐商量了一下午案子，晚上叫我们一起吃个饭，也叫了老莫。我们先把凡凡女儿送回了家，接着朝着李丽丽发的定位开过去。车上，凡凡拉住我的胳膊，我问凡凡怎么了，凡凡喃喃地说："今天真开心。"

晚上除了我们几个老熟人，李丽丽还叫来一个女性朋友，叫吴微。李丽丽说吴微是个画家，在北方某个圈子挺有名气。我问是哪个圈子，吴微客气地说："不懂画的圈子。"

原来跟李丽丽打官司的富婆就是吴微的朋友，之前被吴微介绍到李丽丽的店里做护肤，刚好认识了李丽丽老公，两人就这样一来二去好上了。吴微也很不齿两人的行为，再加上对李丽丽的内疚，自愿过来当证人，提供了富婆当时给她发的信息。吴微跟凡凡也有一面之缘，两人客气地寒暄起来。

李丽丽举起酒杯，自信满满地说跟徐锐分析了一下午，案情渐渐明朗，徐锐对这个官司的把握又多了一成。大家听了碰杯，把酒一饮而尽。吴微提供的证据相当关键，老莫拍拍胸脯说到时候一定会到场给李丽丽打气，李丽丽红着脸说："今天在场的到时候都得去！一定得去，让那个老女人看看她自己有多可笑。"

吴微接了一句："今天跟徐律师聊了一下午，这事靠谱。"

吃饭吃到一半，李丽丽把那个富婆来回讥讽几遍以后，才想起我跟凡凡今天是一起来的，就问我们今天干什么去了。凡凡说我带她们母女俩去了游乐场，在场的人起哄，说我一定是准备追凡凡，我笑而不语。凡凡急忙帮我解释，说只是因为我今天刚好有时间，而前夫又没空。说完之后好像又觉得有些不妥，老莫说都无所谓，男人能陪母女一起进游乐场，说没感情都没人信，末了还加了一句："你们俩就别骗自己了。"

这句话一说，我和凡凡都哑口无言，徐锐和吴微异口同声地说："都不说话，这是默认了。"

我和凡凡尴尬得又同时举起了酒杯，大家看到笑起来，李丽丽问："是不是忍不住想喝交杯酒了？"我指了指李丽丽："你还嫌事不够大？不要毁了凡凡清白。"

凡凡朝着我说："我倒没什么清白的，是怕毁了你的清白。"

老莫忍不住嘲讽："听见没？何一，你怎么还没人家女孩洒脱？"

大家问徐锐怎么看，以律师的眼光，一个男人愿意陪母女俩去游乐场，是不是铁定有情愫？徐锐打开自己的保温杯，喝了一口想了想，盯着吴微说："我觉得像你这么有正义感的女人很少见。这种官司你当证人铁定得罪人，你为了朋友能两肋插刀，我心里很敬佩你。"

吴微主动给徐锐敬酒，说一来感谢徐锐热心接了这案子；二来真觉得徐锐能给人安全感，自己以后有事也会找徐锐帮忙。两人碰完杯，老莫当着大家面，说自己的婚姻一直很压抑，现在喜欢上了一个女人，原本以为自己没心没肺，没想到还是会因为一个人泛起涟漪。大家不知道这个人是李丽丽，追问老莫为什么不主动。老莫说本想肆无忌惮，但是自己有家庭，怕自己伤害了家庭，也伤害了这个让自己动心的女人。

我心里暗暗佩服老莫这一招极为高明，一来当着众人表白比私下山盟海誓更有冲击力；二来亮明自己的现实情况，也避免了单独倾诉的尴尬，给自己留了余地。我偷偷看了一眼李丽丽，她眼里充满柔情，我在桌下给老莫发去了信息，就俩字：成了。

老莫回我俩字：明了。

回到家，邱婷正坐在沙发上一边看着书，一边给普陀山的大师打电话，杨妮妮也时不时在三个人的群里插上两句。邱婷见我回来，说不聊了，等月底见面好好谈谈。杨妮妮问是不是我回来了，邱婷不置可否，说今天累了。大师在群里开导邱婷说："浩瀚宇宙，神明总会眷顾那些懂得放下执念的人，我敢断定，你一直不快乐的原因就来自你对上一段感情的不忍割舍。"

邱婷说："真不是，我就是累了。"

大师补了一句："等你来，千万别让我苦等，明天有空给我发信息。"

邱婷挂了电话，问我是不是喝多了，我没理会邱婷，洗完澡径直走进书房里，我略带醉意，一天的疲惫让我全身无力。邱婷跟了进来，在床边站了一阵，轻轻靠在我身边，双手抚摸我的身体，用嘴唇触碰我的脖子。我转身看着邱婷，邱婷双眼清澈地盯着我，犹如初恋般羞涩。

我问："你怎么不去睡觉？"

邱婷说："答应我一件事，现在不要走，不要那么着急。"

我闭着眼睛回答："邱婷，从两年前开始，我就做好走的准备了。"

邱婷回道："你不够好，我也是。以前我觉得我比你好，现在觉得我挺幼稚的。"

我睁眼看着邱婷："我从没听过你这样评价自己。"

邱婷捧着我的脸："我不是个女强人，我也在慢慢学习如何相处。很多事要一点一点明白，跟你离婚，我觉得一夜之间很多事都明白了。"

我笑起来："我看你跟大师聊天就知道了，你还是需要精神上的慰藉，俗人救赎不了你，你就去找高人。"

邱婷说："可师父说我是故作坚强，并没有完全放下这段婚姻，他说他能看出来。"

我困意更浓："我想睡了，明天你再跟你师父聊吧，今天我听你们聊天，感觉这大师也没把自己看明白。"

邱婷微微往我胸膛一靠："不要瞎说，大师会给我帮助的。"

在困意里，我感觉邱婷话语里似乎渗透着对我的挽回，虽然离婚时邱婷表现得很无所谓，但此刻我感觉到邱婷已经后悔，我相信若我主动多说一句，邱婷一定会与我重归于好。

我抱住邱婷，轻轻抚摸她的脸庞，数年来，只有这一晚觉得邱婷是个弱女子，我们像以前那样，相拥着沉沉睡去。

六

李丽丽的官司月底开庭,徐锐对这场官司信心满满、志在必得。定下时间的当天李丽丽又约我们吃饭,说是提前庆祝,老莫和李丽丽也不再遮遮掩掩。凡凡不喜欢李丽丽这种张扬,说万一打输了,不是打自己的耳光吗?

李丽丽说:"我当然知道没有百分之百的事,可是如果真输了,我们人生里至少吃了一顿悲伤的饭,也多吃了一顿快乐的饭。"

老莫接过话去:"说得太好了,如果赢了,就吃了两顿快乐的饭。这种乐观让我很受启发。我没白喜欢丽丽。"

李丽丽看了老莫一眼,眼里都是温柔。

凡凡坐我旁边不断劝我少喝点酒,徐锐一边喝着茶一边喝着酒,说自己这次把握十足,输的可能性真不大。吴微跟大家都熟悉了一些,喝酒更加放得开。李丽丽见现场这对男女互有情愫，趁酒意逗趣徐锐和吴微，问徐锐对吴微是什么印象。徐锐红着脸说："非常不错。"吴微立刻自保，让徐锐千万别钻李丽丽下的套，李丽丽恨不得让身边所有人都凑一块儿，大家又不是小孩儿了，小孩儿可以随意选玩伴，成年人可没的选，让李丽丽别再瞎说。老莫反口来一句："小孩和成年人的区别，就是一个敢，一个不敢而已。"

吴微点头说："我绝对赞同，但是还有一个区别，一个选错了顶多是伙伴翻脸，一个选错了就是人生翻船。"

我问吴微："你的船翻了吗？"

吴微淡然一笑："我从来不靠男人，船是我造的，翻不了，祝他一帆风顺。"

这话一说出口，在座的人无不对吴微心生敬意。吴微说现在自己带着孩子轻轻松松。当男人无法依靠的时候，没有男人就是最好的状态。大家议论起了孩子，在场唯独我插不上话，于是大家问我跟邱婷为什么这么多年没有生育，老莫甚至怀疑我身体有问题。我一时间无言以对，无力地解释邱婷忙于工作，哪里有时间生孩子？吴微见我窘迫，帮我说了一句："没有孩子并不是坏事，但有孩子了人生会更加快乐的。"

大家对吴微的话相当认可，觉得有了孩子人生多了不少趣味，徐锐和老莫虽然尚在围城里，但都觉得回家之后带着强作平淡实则憋屈的感受不是滋味。

李丽丽满脸同情地看着老莫,看得出她想问老莫有没有离婚的打算,但这话不方便问,于是转向徐锐问他的情况。徐锐说两个律师过日子枯燥得像一部《民法典》,连吵架都没办法放开了吵,生活变成了一场彬彬有礼的官司。女儿虽然不介意他们离婚,老婆却怕女儿受伤害,死活不肯,所以只好一直拖着。凡凡看出来李丽丽的目的,主动问老莫什么原因,老莫抽了一口烟说:"我跟她不是一个世界的人。"

我接了一句:"一个世界的人也一样,大部分人都以自己为中心。"

凡凡看了我一眼:"你跟邱婷应该不是没感情了,而是乏了。"

我点点头:"夫妻间没有了快乐,真还不如酒肉朋友。"

吴微认可我的话:"我也这么想过。你们想想,是不是咱们这种酒肉朋友才是真朋友?不在乎你成功不成功、有没有钱,只在乎你能不能一起聚聚开心开心。"

大家再次对吴微的话表示认可,一起举杯,发誓我们要一起当一辈子酒肉朋友。散场时老莫和李丽丽自然地一起离开,跟我们挥手告别。凡凡开车送我回家,徐锐拿着茶杯自己打车走,吴微叫来家里保姆把车开回去,大家作鸟兽散。

这次凡凡没有让我陪她回家,而是直接开到我家楼下,说明天得送女儿去兴趣班学尤克里里,要赶紧回去睡觉。我回到家,邱婷还跟杨妮妮和大师在聊天群里开着语音会议,商量着第二次的普陀行程。我洗了澡准备进书房,邱婷把我叫住,问我晚上跟谁一起吃的饭,我大概解释一番,邱婷让我在沙发上坐下,顺便给我倒上一杯热水:"何一,现在好像我们只剩下早晚时间能碰面,这地方还真像一个宿舍了。"

我笑笑。

邱婷问:"凡凡最近跟你相处得怎么样?"

"什么怎么样?"

"哎呀你就照实说吧。"邱婷对我一笑,"我又不是不知道她以前喜欢你。"

我不知该如何回答,不自然地说:"我跟她不就是朋友吗?"

邱婷叹口气说:"我真不如凡凡对你好,我觉得她对你的包容心比我好多了。如果你们在一起,应该还不错吧。"

我摇摇头:"你是你,她代替不了你。你人好不好,我心里有数。你从来都很称职,是个好老婆。"

邱婷摸摸我的脸:"你真的这么想?"

"那当然。"

邱婷似乎开心起来:"那好吧,去普陀山之前,我们还得去拜访一下那个领导,最近他好像有点不靠谱,之前给了他两万元让他先去通关系,但最近我感觉他在跟我玩猫儿腻。"

我不在意地回答:"如果难办,就别去耗精力了,没有这笔钱我也能活下去。再说,这个钱其实跟我没关系……"

邱婷打断我:"不行,这钱不能白花。快去休息吧。"

我起身准备走,邱婷又拉住我,两个鼻尖轻轻碰了一下,分离的夫妻此刻像初恋的小青年,看着对方异口同声轻轻说了一句:晚安。

邱婷有时晚上会突然走进书房,进入我的被窝,把手搭在我的后背上,再安静地睡去,有时候也会在主卧里无声无息一直到清晨。早上邱婷出门时,我还在梦中没有醒来,或者刚刚醒来看见她正穿鞋开门。邱婷仍然没有改掉不吃早饭的习惯,也没空再给我在桌上留早餐。每次邱婷走后,我都更爱这个家了,曾经不注意的坏习惯,也在慢慢改变。因为我即将跟这个房子永远作别,想到这里,我放杯子的动作都温柔了不少。

过了几天,我跟邱婷、杨妮妮一起到了项目负责人那边,请负责人吃午饭。那人一改第一次的热情,垂头丧气,筷子也没动一下,坐在那里扭扭捏捏半天说不出一句完整的话。邱婷看着心里又气又着急,干脆直截了当开口问:"哥,其实今天我想听你明确指示,这个项目下一步我们应该怎么做?"

负责人叹口气，苦笑着说："说实话，下一步，估计有点难办。"

邱婷皱着眉问："可你之前不是说这关系稳吗？该出的费用我们一定会出的。"

负责人推了推眼镜说："邱婷，我肯定想让你中这个标。可是，项目突然就被总公司收回去了，政策改变了，不外包了。"

我和杨妮妮不说一句话，都阴沉着脸。邱婷心里不服气："哥，我一直很相信你，这个事你看能不能努点力，再请其他领导吃顿饭？费用还是由我们来出。"

负责人摇摇头说："我是替你想尽了办法，总公司今年明确了态度，我真的无能为力了，只能看明年有没有法子给你安排。"

邱婷脸色终于也沉下来："哥，你别怪我说话直，这项目明年怎么可能轮得到我们？如果今年拿不下来，我们明年更没戏。我不心疼钱请领导吃饭，我觉得这个项目正常来讲肯定会有一部分是需要招标的，我们只需要这一小部分而已。"

负责人接过邱婷的话："是，我知道你的意思，我跟你想的一样，问题是人家也有关系，我们比不过人家。"

邱婷不再说话，负责人仍然没动筷子，客气地让我们慢慢吃，接着站起来准备去埋单，被邱婷制止了，负责人客套几句后离开了。邱婷和杨妮妮露出气愤的表情，骂这个男的不是人，事儿办不成，那两万块也绝口不提了。我端起碗大口吃起饭来，杨妮妮不满地看了我一眼，哼一声："何一，你心挺大的，邱婷自己掏了两万块给他，都是为了你。"

我头也不抬继续吃饭："这人一看就不地道，不地道的人理由总是比吃亏的人要多，这事别去计较了。"

杨妮妮瞪大眼睛说："你怎么跟没你事儿一样那么轻松？你不知道邱婷是为了谁操这个心？"

邱婷看了我一眼，生气地站起来说："走吧，回家。"

回到家里，邱婷垂头丧气地拿起了大师给的训诫书翻起来。我切了些水果，用牙签喂邱婷吃了两块，邱婷让我把水果放下，然后看着我："何一，恐怕我帮不了你了。"

我笑笑："你有这个心我就很感动了，结果不重要，你搭出去的钱我以后补给你吧。"

邱婷苦笑了一下："咱们现在说话好客套，感觉真不好。"

接着邱婷放下书，双手伸过来搂住我的脖子，用脸蹭我的脸。

邱婷说："每天你不在家的时候，我会很想你，但我已经没有资格要求你每天回家了，你现在是自由的。"

我搂住邱婷的腰："现在咱们还没有完全分开，我住在你家，我在搬走之前，不会有二心。"

邱婷吻了一下我的嘴唇,喃喃念着:"我还没放下,现在你还不能走。"

说完,我们互相注视对方,邱婷将身体压向我,我顺势倒在沙发上。邱婷的手一直没停下,我也不能自控,我们开始缠绵,旁边鱼缸里的几条大鱼被惊动了,纷纷游过来看热闹。

我俩赤裸着身体气喘吁吁地躺在沙发上,安静地看着天花板,我隐约觉得邱婷想跟我说点什么,可她只是用手指在我的脖子上轻抚。休息了一会儿,邱婷起身去浴室洗了澡,回来以后又面色平静地拿起了书看。邱婷说这次去普陀山待的时间稍微长一点,家里有事就及时跟她说。邱婷还说杨妮妮对我的看法改变挺大,她对自己以前敌视我的行为有点内疚。我笑说大师还挺厉害,竟然能改变杨妮妮这样的人。邱婷说不是因为大师,是我本身就是一个不令人讨厌的人,还说杨妮妮几天前说过,如果找不到合适的,还可以跟我继续,毕竟没有太大的矛盾。我猜想杨妮妮应该说不出这样的话,可能是邱婷给自己的心理暗示,我在思索着邱婷的暗示,感觉坐在身边的邱婷忽远忽近。

这一次,还是我送邱婷和杨妮妮去机场,看着她们走向安检,邱婷转身对我笑笑挥手,模样、表情还跟以前一样,只是当时的年轻夫妻现在成了前夫和前妻。当邱婷消失在登机通道的尽头时,我隐隐感觉这是最后一回看邱婷登机的背影,于是轻轻说了一声:"你路上小心。"

七

　　李丽丽的官司开庭那天,吴微以证人身份出庭,我们一众到场旁听,李丽丽的同居前夫在被告席上坐立不安。徐锐怎么也想不到,出庭当天,原告的辩护律师竟然是自己的老婆闻太师。而我们早就听说闻太师口才了得,今天终于有机会见识了。

　　徐锐闲聊时透露过好多次,他跟闻太师的生活犹如一潭死水,除了一起带女儿的时候会交流几句,其他时间几乎不说话。两人平日吵架也好似一场法庭辩论,恨不得打一场官司。现在官司来了,出庭的时候看到对方两人都十分惊讶,互相打量一番后随即很快调整状态进入辩论。

　　闻太师一来就对李丽丽和她前夫开火,拿着三个人之前签订的协议,明确提出了李丽丽和她前夫的刻意违反协议,也拿出了现在两人仍然同居的证据。李丽丽没有说一句话，当闻太师说到她前夫跟富婆一起生活向富婆索要过各种物质时，李丽丽眼里闪过一丝耻辱，愤怒地盯向了她前夫。她前夫他看到李丽丽的眼神，极力反驳，说自己根本没有向对方主动要求什么，都是对方自愿给予，并且分开时没带走任何东西。富婆冷笑一声，说自己从来没见过吃相那么难看的人，拿出了自己和李丽丽的前夫的聊天记录。李丽丽紧握拳头，当着所有人的面红着脸流下两行眼泪。

李丽丽的眼泪像唤醒了前夫的良知，他在公堂之上开始陈述自己对李丽丽的愧疚，同时也告诉大家这个富婆有着令人发指的暴力倾向，导致自己身心承受着巨大伤害。他的发言让旁听席上的我们又气又惊，当李丽丽前夫拿出这些暴力行为的证据时，富婆也慌了神，脸上有些挂不住。

闻太师怕法官感情倾向偏移，很快把矛盾拉回了主线，轻描淡写自己的委托人只是个人癖好，并且指出男方曾经为了讨好富婆也接受富婆的这些行为。闻太师的话激怒了李丽丽的前夫，他大吼一声正准备破口大骂，被徐锐制止。徐锐了解闻太师的强硬风格，如果一句一句你来我往对顶，可能会被她带偏，在不知不觉中渐渐处于下风，所以现在得让闻太师尽情发挥，在辩论中让法官的情绪保持中立即可，等闻太师的气势明显降下来，胜算就慢慢有了。

徐锐首先让吴微拿出了聊天记录，证明富婆主动要求认识李丽丽前夫，并且先有迫切想得到这段感情的主观意愿。富婆目光死死地盯着吴微，露出了憎恨的表情。吴微倒无所谓，落落大方地说完后回到座位上，还给了李丽丽一个鼓励的眼神。

接着徐锐打出第二套组合拳，站在情感的角度，陈述富婆在明知男方已婚并有孩子的情况下要求签订此协议，根本忽略了对方家庭不可分割的亲情，因此在富婆导致男方遭受身体和心理创伤后，男方愿意回归过去家庭生活，不存在诈骗阴谋一说。闻太师听闻徐锐发言，怕法官被徐锐的说辞牵引，立即提出抗议，指出男方所谓受到身心伤害无法举证，而自己的委托人也有真情付出，请法官注重自己委托人付出的真金白银和签字手印的那份协议。徐锐等待的就是闻太师这句话，他缓慢地拧开了自己的茶杯，喝了一口茶水，转身向所有人抛出了自己的撒手锏：

"审判长，还有现场的各位，目前的证据大家都已经明晰，我的委托人本是一家人，我承认人性充满变数，不可预测，但是原告方是此次家庭破裂的直接原因。我想提出最后一个问题，婚姻和情感，这个由人内心产生出的东西，当一个人想用协议来绑定它的时候，一切就已经违背了社会的公序良俗。而这个违背人伦的协议制定者，在得到男方后，自己的癖好使其惧怕远离，使其看到真正应该珍惜的人并且选择回归，那她的这份所谓情感协议是否应该被法律保护？"

徐锐说完，回头看了一眼李丽丽，眼神里似乎给李丽丽打了一针镇静剂。法官听完之后，问闻太师还有什么要说的。凭借律师的职业敏感，闻太师已经嗅到法官偏向徐锐的气息，之前说过的话如果重申一次，可能只会引起法官的反感，只能压住气，摇摇头。

庭审结束了，双方离开，法官表示择日宣判。我们晚上约到了酒馆，李丽丽前夫从法庭出来不说一句话，低头先走了。徐锐说这官司心里稳了九成，即便不会判原告败诉，也不会完全支持原告，也就是说最坏的结果是李丽丽和她前夫只需要支付一小部分费用。看着徐锐胸有成竹的样子，大家倍感轻松。吴微特地从家里拿来了好酒跟大家一起享用。徐锐今天的表现如饮烈酒一样令人爽快惬意。欢笑碰杯间，老莫说话不多，只是悄悄看着李丽丽。李丽丽因为今天官司占得上风，谈笑风生间举起杯说："真的，老娘好久没这么痛快过了，没想到胸有成竹的感觉是这么过瘾。"

吴微接过话："那女人一直死盯着我，恨不得吃了我。估计她也没想到我会出庭做证。"

李丽丽拉过吴微亲了一口："要不咱们怎么是闺密？我以后肯定把你当宝贝。"

凡凡也趁热打铁举杯:"大家再干一个,不管输赢,丽丽的这口气是狠狠出了。"

李丽丽喝完再倒满,单独跟徐锐碰杯,说了一堆感谢的话,然后跟在场人分别碰杯,一口一口干掉杯中酒。喝了好几圈,再轮到老莫时,老莫握住李丽丽的酒杯,压回桌上。李丽丽红着脸看着老莫,对着老莫温情地微笑,老莫也笑着,轻轻说了一句:"难受不用憋着。"

李丽丽一愣:"你说什么?"

"我说,难受不要憋着,当着我们面发泄出来,比自己一个人忍着好。"

李丽丽看着老莫,大家都静下来,李丽丽的眼泪像潮水涌上了眼眶,然后捂住脸,小声啜泣起来。我们都没有说话,看着李丽丽努力压制着情绪,啜泣声变大,再一点点收了回去。老莫递过去一张纸巾,李丽丽擦了擦鼻子,涨红着眼睛看着大家说:"今天真的好丢脸。"

凡凡拍了拍李丽丽的肩膀说:"活着就行,这些都是平常事。"

李丽丽笑笑:"我以前最信任的人教会了我不能信任任何人。唉,真的好讽刺。"

气氛在李丽丽的情绪里变得低沉,徐锐闷头不说话,知道现在官司的输赢对李丽丽来说已经无意义。吴微主动让李丽丽晚上去自己家里住，李丽丽点点头，不愿意回家面对那个男人。吴微提议散场，大家把杯子里的酒喝完后各自起身离开。徐锐主动送李丽丽和吴微回去，我跟凡凡、老莫站在路边。我问老莫现在有什么想法，老莫深吸一口气说："她受了那么重的伤，再信任一个人就难了，何况我这样的人。若要游戏人间，我就认真陪她一段，一切看她吧。"

我送凡凡回家，凡凡还是让我等着她下来遛狗。我们俩走在清冷月色下，步伐缓慢无力。凡凡问邱婷什么时候回来，我说不知道，看那个大师什么时候把她开导明白，最近她事情也不多。凡凡看向我："我觉得邱婷对你还是不错的。"

我不理解地看向凡凡，凡凡继续说："你应该能感觉到，她没办法完全放下你。"

"现在是能感觉到，但是人总会变的，只要有时间。"

"不过你们至少好过李丽丽，离婚了大家也真诚相待，没有那么'狗血'。"

"并不'狗血'，人心就这样。"

"换成你你会这样？为了钱抛下家庭去跟别人过日子？"

我没有回凡凡，只仰望夜空："太残酷了，找对另一半好难，找到了是福气，找不到也正常。"

凡凡的土狗跑了几圈追到我们身边，在我们脚下来回蹭，凡凡摸了摸土狗，说要陪我打车。我们转身朝小区门口走，凡凡轻轻拉住我的胳膊。

"何一，邱婷跟你离婚，我们才真正有机会走近一点。我是开心的，但是也害怕。"

"害怕什么？"

"害怕发现你有我看不到的一面，让我不敢去相信的一面。"

我对凡凡笑："我也不知道自己会变成什么样子。"

"会是我想要的样子吗？"凡凡认真地问。

我看着凡凡透亮的眼睛，轻轻抱了一下她，说道："但是邱婷并没有离开我。"

凡凡点点头："现在不适合说这个，我明白。"

一辆出租车开过来，凡凡招招手，转头说："到家了告诉我一声，我好困。"

我在出租车上昏昏欲睡，司机一路猛冲，快到家了，手机响起，我一看是李丽丽打来的。李丽丽问我睡了没有，我说快到家了。李丽丽给我发来一个定位，说她在吴微家，还想继续喝点酒，顺便问我点事，让我赶紧过去。我猜到她想说的可能和老莫有关，于是让司机掉转车头飞奔而去。

吴微住在一个很精致的小别墅里，别墅是吴微租的，一楼、二楼都挂满了画作。吴微下来迎接我，我说："走进你家，觉得还是你更有气质。"吴微一笑："我就是活在各种艺术圈里的俗人,可以搞艺术,但是没必要。"

李丽丽在别墅负一楼的茶厅里等我,桌上摆满了啤酒。我一坐下,李丽丽就给我开了一罐啤酒,开门见山地问:"说说吧,老莫到底怎么想?"

这句话让我愣住,不知该如何回答。

李丽丽补充:"我知道他喜欢我,我也喜欢他,但我也不干影响别人家的事,真喜欢,可以继续玩。但是如果他想跟我有未来,不可能。成家太累了,不谈爱。他能做到吗?"

吴微补了一句:"丽丽现在活通透了。爱,是所有悲剧的始作俑者。心不在焉的人,半斤八两的爱,反而能延续更长的时间。老莫能做到吗?"

吴微的话让我想起了凡凡,我看着吴微和李丽丽说:"老莫对你也就半真心吧。"

李丽丽笑着跟我碰杯:"这样玩,那我放心。"

我们三人聊到凌晨四点,我和吴微把各自的情况也聊了一遍,李丽丽扛不住了直接趴在沙发上睡着了,吴微给李丽丽盖上毯子。我要走,吴微让我就在她家睡,她自己也得睡了,不然女儿就快醒了,得提前叫个车送她上学。

我躺在李丽丽睡觉的沙发旁边的小沙发上,盖上毯子,觉得自己的生活陷在荒诞里。李丽丽因为太累打着小呼噜睡得很沉,我也筋疲力尽一阵眩晕,困倦席卷全身,就在快睡着时，听见李丽丽说梦呓，喃喃地念叨："儿子，不要结婚，不要结婚。"

八

　　我睁开眼已经接近中午，李丽丽坐在我身旁安静地边喝咖啡边发着信息，见我醒了便催促我去厕所洗漱，吴微准备了新的牙刷和毛巾。几个学生在客厅认认真真地画着画，吴微给学生们挨个指导一番，让一个年龄稍微大一点的女孩照顾一下其他学生，然后我们开车前往李丽丽的诊所。吴微说自己这几年皮肤越来越差，平时打的水光针效果太慢，也想试一下我们的荷尔蒙原液。李丽丽让我直接跟吴微解释，我看着车窗外呆滞地回答："那都是骗人的，没多大用。"

　　吃了午饭，吴微去艺术中心谈合作，我跟李丽丽在诊所里有一搭没一搭地聊天。李丽丽说她自己有个习惯，在特别疲惫的时候就会说梦呓。李丽丽说她昨晚做了个梦，梦见自己儿子结婚了，明明还在上小学的儿子，摇身一变就站在婚礼殿堂中，新娘的样子模糊不清，好像年龄比儿子大很多，儿子转脸看向自己，脸又变回现在顽皮的样子，全场沸腾，自己却感到一阵透彻心骨的悲伤。我安慰李丽丽梦境不过是一段时间生活心境的映射，李丽丽说："不是，梦里面我觉得自己才清醒。我以后一定不会逼我的孩子结婚生子，因为生活里出现让他难过的事情他不会告诉我，我也看不到，就像我父母不知道我内心的疲惫。"

李丽丽的前夫来到诊所，站在大门口没有进来，打电话让李丽丽出来拿水果，李丽丽不想出去，让我去拿。我走到门口，看见一脸倦容的男人提着一大袋水果孤独地站在门口，像被设计师生硬地P在画面中。我接过水果，李丽丽前夫对我礼貌地笑笑说："她昨晚没有回家。"

我点点头回答："没事，昨晚我们在一起。"

李丽丽前夫一愣，我急忙解释："昨晚我们在吴微家喝酒喝到很晚，她情绪很糟，就都住在吴微家了。"

男人点点头，递给我一根烟点上："我知道跟她不可能回到以前了。"

我无言以对，只能认真地看着他。

"觉得自己做的事好荒唐，我这样的人吧，活该过成这样。"

我挤出一句："孩子是你们的，好好对孩子，应该能弥补一部分吧。"

"不一样，跟孩子是另外一种感情，跟丽丽的感情回不去了。"

我不再说话，抽完烟，拿着水果准备进门，李丽丽前夫叫住我："兄弟，如果你喜欢她，一定好好对她，我支持你，但你们任何事都要告诉我。"

我诧异地盯着眼前不知所措的男人，回道："你误会了，我跟丽丽是合作伙伴，也是朋友。如果真有个喜欢她的人，也绝对不会是我。"

李丽丽前夫像得到了一点安慰，松了口气似的礼貌一笑："对不起啊，我先走了，你让她多吃点水果。"

晚饭时间回到家，邱婷发信息来叮嘱我一定要把鱼喂了，说最近普陀那边可能有大风，船只停渡，回来时间不确定，我让邱婷注意安全。邱婷问我这几天过得怎么样，我说身边朋友一地鸡毛，只有我自己安好。邱婷说给我也请了一块平安手串，回家后一定要戴，我说我姥姥信基督，姥姥死后我不信基督也不能信其他任何教派，那玩意还是她自己戴，邱婷嫌我无趣不再跟我啰唆。我喂了鱼后，躺在沙发上百无聊赖，凡凡打电话来问我昨晚为什么没给她发信息，我解释了一通，凡凡不满地抱怨李丽丽半夜不睡还拖着她也一起受罪，说明天准备给女儿炖排骨汤，如果有空让我也过去喝。挂完电话，我闭目养神。到了晚上九点，外面群楼点点灯光唤醒了城市的生气，显得屋内加倍冷清，鱼缸里的三条大鱼默默地来回游动着，从不停歇，也不知疲惫。

空间越安静，我的思绪越翻涌。李丽丽昨晚的呢喃始终萦绕在我脑海，我想起了两个字：孩子。我跟邱婷结婚七年还未生孩子，让父母伤心至极，曾经苦口婆心的万般开导最终成了失望的奚落。我妈最后一句话是："我怎么有你这个儿子？我羡慕别人家的孩子，我没有这个福气。"

刚好那一天，我被检测出轻度抑郁症，从那时起，我很少与家人来往，自由自在活着。我在杂乱无章的思绪中进入浅眠，做了个梦，梦里我带着一个娇小可人的老婆和乖巧的小孩回到父母家中，两个老人笑脸相迎。父母问我过得怎样，我说生活之下一地鸡毛，疲惫不堪。父母哈哈大笑说我不懂幸福的真谛，我只好赔笑，改口说一切都好。这时，我看见李丽丽在远处看着我，然后走到我面前问我现在懂不懂她的内心，我叹息一声，说"懂了又能怎样？谁不是在半推半就地生活？"

这个梦漫长又零碎，醒来后我不愿起床，瘫在沙发上直到下午，凡凡发来微信提醒我按时过去吃饭。我浑身无力，拖着身体来到凡凡家，一进门就看到小女孩正跟狗打闹着。凡凡见我进门，让女儿向我问好，把一大锅汤端了上来。小女孩不想喝汤，随便吃了几口饭，又跟狗在一边玩起来。凡凡给我开了一瓶啤酒，让我多吃菜，顺便跟我说女儿最近不学尤克里里，开始学吉他了。我问凡凡女儿弹得怎么样，凡凡马上要女儿给我展示一下学习的成果。凡凡女儿不愿意，凡凡给我使了一个眼色，我故作好奇地盛情邀请她一定要弹给我听，小女孩才慢慢拿起吉他。我边喝汤、吃肉、饮酒，边听小女孩断断续续地弹了一曲《送别》。我和凡凡都不出声，听她用稚嫩的声音断断续续弹唱着：

长亭外，古道边，芳草碧连天。晚风拂柳笛声残，夕阳山外山。天之涯，地之角，知交半零落。一壶浊酒尽余欢，今宵别梦寒……

弹唱完毕，我跟凡凡一起鼓掌，凡凡女儿得意地放下琴，做了个鬼脸，带着狗下楼玩去了。我笑着说凡凡女儿真是可爱，凡凡给我夹菜，问我："你喜欢她吗？她跟我说，她很喜欢你。"

我答非所问："为啥让这么小的孩子学那么悲伤的歌？唱一首《我们的祖国是花园》多好。"

凡凡白了我一眼："现在的小孩都唱流行歌曲，唱得可熟了。"

吃完晚饭，坐在阳台上，我拿起凡凡女儿的吉他，多年没有碰吉他,只依稀记得几个和弦。这首《送别》是我在大学里弹得最熟练的歌,我尝试着弹了几下,凡凡托着下巴看着我:"哟,你也能来几下?"

我弹起简单的和弦,唱起了过去自创的后半段:"韶华逝,永不回,汽笛声声催。天南地北分别去,伴我还留谁?聚是欢,别是悲,往事堪回味。人生莫忆来时路,能有几人归……能有几人归?"

凡凡眼波清澈见底,听我小声唱完,对我微微一笑:"真好听。"

我放下吉他:"以前会弹很多歌,但现在都记不住了。"

"这歌词是你写的?"

"是我瞎写的。"

凡凡拉我的手,看了看我的手指:"要是你搞艺术,说不定就出名了,随便几句词,道出人间辛酸泪,人才。"

我学着吴微的话,故作深沉地说:"我是个俗人,可以搞艺术,但是没必要。"

我跟凡凡闲聊了一阵,凡凡女儿玩够了带着土狗上楼,土狗呼哧呼哧喝着水,凡凡女儿也灌了一大口冰饮料。我说差不多该回去了,凡凡准备送我,谁料凡凡女儿却一下拉住我,让我多坐一下。我被她突如其来的热情整蒙了,问:"为什么不让我走?"凡凡女儿以一脸啥都明白的表情看着我:

"就是不走嘛,你在这里我妈妈就很高兴。"

凡凡和我都愣了,凡凡女儿继续说:"上次你带我们去欢乐谷,我妈妈比我还高兴,你以后经常来吧,住这也行……"

凡凡有点羞涩,着急打断:"别乱讲话,你一天到晚不好好学习,瞎说什么?写作业去吧!"

"早就写完啦。"

"再去检查一次!到书房去!"

凡凡女儿嘟嘟嘴进了书房并关上门,我们俩对视一眼,我称赞:"你女儿以后也一定是个人才。"

"她就是脑子里爱装乱七八糟的事,所以才学习不好。"

"这孩子一看就是早熟。"

"早熟的孩子跟晚熟的大人一样,都难办。"

凡凡把我送到楼下,我们在路边散步,徐锐打电话给我,问我在干什么,我说在凡凡这里准备回家,徐锐哦了一声,挂了电话。凡凡看着我,叹口气说:"其实我女儿没有说过她很喜欢你,她说的是,她看得出来,我很喜欢你。"

我点点头。

"点头是什么意思?你就没什么想说的?"

我犹豫了一下说:"真在一起过日子,我可能就不是你想的那个样子了。"

凡凡习惯性地拉住我的胳膊:"你跟邱婷彻底结束了,搬出来了，我们好好谈谈，定个结果吧，这样不清不楚的，挺烦人。"

我车开到车库，乘电梯上楼，凡凡发信息让我把刚才自创的歌词发给她，让女儿背下来，以后两段一块儿弹唱。我把歌词发过去后，又加了一句：什么事都会有结果，我们不用刻意强求。

凡凡没再回我，我把鱼喂了以后打算继续闭目养神。李丽丽又给我打来电话，说要跟我见面，还让我叫上老莫一起。我实在不想出门，于是打电话让李丽丽和老莫来我家。老莫接到我电话，说不方便出来，因为孩子学习的事情跟老婆吵架，儿子在哭，自己正骂儿子，老婆露露又在数落自己。李丽丽敲门进来，拿着一瓶白酒，我皱眉说自己喝不下了，李丽丽自顾自拿着杯子把酒倒上说："喝，喝完我这个月再多拉二十万业务。"

我只得倒好花生，硬着头皮陪李丽丽喝酒。李丽丽说今天回家，看着家里的前夫，本来就没有消化的情绪又涨起来，实在在家里待不住。我说老莫来不了了，李丽丽略微失望，摇摇头说："算了，就我们俩喝。"我告诉李丽丽自己昨晚做的梦，李丽丽认真听我讲完，苦笑着说："以前我觉得结婚过日子是好简单的事，现在知道维持好一个家太难了，通过这件事我醒悟了，一个人了解你的脾气个性还能留下来陪你,这就是合适。"

我告诉李丽丽她前夫那天在诊所门口的表现,李丽丽释怀似的摇摇头:"他都做了这种事,我怎么可能跟他破镜重圆?就算他现在是世界上最完美的男人,我也不会选择他。"

说话间,李丽丽前夫打电话来,李丽丽没有接,然而前夫的电话一个接一个,李丽丽冷冷地接听,前夫问李丽丽去了哪里,怎么不回家,李丽丽淡淡地回答:"你不要管我,哄儿子睡就行。"

前夫还想要说什么,李丽丽把电话挂掉。我问:"有一种可能你想过没有,犯过错,以后更不会犯错误,更能依靠?"

李丽丽不屑:"爱人变成朋友,会比一般朋友更可靠。但爱人变成了仇人,就比仇人更可憎。我能像现在这样跟他和平相处已经是最大的宽容了。"

我问李丽丽爸妈是否知道她现在的生活状况,李丽丽说的跟我做的梦一样,只不过她不想让父母担心,更不想惹出事情让两家人敌对,所以半演半骗往下走。直到现在李丽丽父母还被蒙在鼓里。

白酒喝了大半瓶,前夫的电话又打过来,李丽丽气恼地接听,前夫让李丽丽回家,说儿子一直想等妈妈回来。李丽丽挂了电话,泄气地看着我说:"每次都这样,拿儿子当筹码,纯粹就是跟我玩花样。"

我笑着劝李丽丽:"回去吧,'狗血'的事都过去了,现在家里就剩一个一心等你回家的人,先走着看吧。"

李丽丽下定决心回去了,我把李丽丽送到路边,代驾过来以后,李丽丽脸上表现出一丝无助,关门上车后,摇下车窗跟我说:"对了,那天在吴微家里,早上我醒了,你睡得很熟,还说了一句梦话。"

"我说了什么?"我好奇地问李丽丽。

"听不清,有一句好像是能不能不离婚。"

九

邱婷这次从普陀山回来,没有让我去接机,当天邱婷也没回家,而是去杨妮妮家住了一晚。第二天我买了菜做了一桌午饭,中午邱婷回来,看到我和桌上的菜一言不发。我问邱婷累不累,邱婷说不累,昨晚在杨妮妮家睡得很好,吃了几口菜就说饱了,然后回到了自己卧室。

邱婷的情绪让我隐隐觉得有些不对,我敲开门问邱婷:"怎么不跟我多说几句话。"邱婷笑笑说:"我离开这么久,一大堆事情没处理,你不是好好的吗?看你好好的我就放心了。"说完邱婷生硬地关上了卧室的门。

下午我来到李丽丽的医院,跟李丽丽商量接下来要推广新的产品。李丽丽听完我的介绍两眼放光,说不少顾客都咨询过,但手术需要恢复期令很多人难以接受,如能结合荷尔蒙原液,一定能火起来。我跟李丽丽商量了一下定价,利润空间非常可观。聊完以后，我马上给产品团队打去了电话，几句话敲定分成比例，李丽丽夸我做事有效率，早认识我这样的合作伙伴，已经别墅靠大海了。

我跟李丽丽聊起了邱婷的情况，李丽丽劝我赶紧搬走，说我一个大男人委身在前妻家里真的有点窝囊，换成是她一天也住不下去。我对李丽丽道出我的真心话，就是我对邱婷确实还有感情。李丽丽冷笑一声说这不是情感，是错觉，就是心里一道庸人自扰的坎儿。何况，凡凡已经张开双手等着我，凡凡对我的情感深度和用心程度绝对胜过邱婷。

"谁能从你结婚前喜欢你直到你离婚后一直不变？只有凡凡这个傻女人。"

李丽丽说这句话时带了一丝为凡凡的不平，也失望起来。我没有回李丽丽，把话题扯到了老莫身上，问李丽丽跟老莫现在怎么样。李丽丽说跟老莫每天信息不断，大家心照不宣，但感情上来了就这么处着，以后顺其自然。

"但是我心里清楚，老莫虽然让我很开心，我的性格也可以放开了好好玩，结果肯定是不了了之的。"李丽丽淡然地说。

"你这叫通透，想开了，看明白了，结果怎么样都不会受伤。"

李丽丽却摇摇头，苦笑着说："姐姐我不是不会受伤，而是已经不怕受伤了,随他去了。"

到了晚上,我不想面对邱婷,但李丽丽要回去陪孩子,我只好漫无目的地走在大街上。凡凡打来电话,问我怎么不去找她,我想起李丽丽之前说的话,支支吾吾半天。凡凡没好气地嚷嚷:"你有这么多空闲不知道来找我,是嫌我烦吗?"

我急忙解释:"什么话?知道这段时间你医院里手术多,你很忙。"

"少来,我忙我会跟你说,但你不来找我就是你的问题。"

我道歉了半天,凡凡才不满地挂下电话。回到家里,邱婷在客厅里坐着,见我回来,让我吃她刚买的水果,态度很温和,说有事想跟我商量。我让邱婷有话直说,邱婷犹豫了一下,微笑着说:"其实这次回来,不止我和杨妮妮,我们的师父也跟着一起来了。"

我想起了邱婷师父的模样,不解地看着邱婷:"然后呢?"

"然后,我们可能会跟师父有一个合作,他的资源挺好。我想这两天找老莫聊聊这个事,你也一起来吃顿饭呗。"

我想了想回答:"我明白了,你要去找老莫,我以后肯定会知道,所以你现在先告诉我,免得到时候你不好解释。"

邱婷眉头一皱:"这是什么话?我们师父来了也没什么见不得人的,只是想你有时间一起来吃个饭。"

"你回来那天是在杨妮妮那住的吗?"

"何一,你什么意思?我没有那么不正经,我师父也很正直,别把你身边的歪风邪气往我这带。"

我对邱婷一笑:"那你去找老莫就行,我就不参加了,反正我跟你师父也不认识。"

"行吧,我是好心好意想邀请你一起来。"

"好意我心领了,替我跟你师父问好吧,祝他功德圆满。"

"有病。"

这饭局我到底还是参加了,老莫不想去,于是跟邱婷说必须叫上我,他才去。邱婷只好再来约我,说师父听她说过多次我们的故事,很想见见我,她出于礼貌也答应了师父,一定让我参加。

饭局当天,邱婷和杨妮妮陪师父逛了一下午商场又送他回酒店休息,晚上找了一家安静的中餐厅。我们到了以后,邱婷才让杨妮妮开车把师父接过来。老莫打趣地说她们师父出场还真有仪式感,邱婷解释说是怕万一我们来晚了,让师父等着我们,她和杨妮妮脸上挂不住。

杨妮妮和师父进门,师父一脸清秀儒雅,戴着眼镜,年龄比我和老莫明显小得多。邱婷起身招呼师父坐下,师父看着我们笑笑,彬彬有礼地跟我们点头致意,然后问邱婷:

"邱婷，哪位是你老公呢？"

我微笑看着师父回答："你好，我是她前夫。"

师父急忙捂了捂嘴："失礼失礼，不管前夫还是老公，都是有情之人，还能坐在一起，说明情分都没有断。"

我跟老莫对望一眼，老莫微微挑眉，我嘴角上扬，相互在对方的表情里看到了同一个意思：这人不太正常。

邱婷给大家倒上饮料，邀约举杯，我浑身不自在地跟大家碰杯。喝完之后，师父跟我和老莫客套了几句，说从面相上看我和老莫命都不错，有一些富贵相。老莫夸赞师父内力不浅，自己也觉得命挺好。我反其道而行说师父把我看错了，我这些年都是跟着邱婷才过得不错，靠自己还真没有富贵的命。邱婷和杨妮妮对我和老莫的态度有些不满，杨妮妮话里有话地说："何一，你这人吧，怎么该谦虚不谦虚，不该谦虚又那么谦虚？"

我对杨妮妮一笑："你又不是不了解我，我哪里有谦虚的资本？师父刚才说我富贵，确实让我受惊了。"

邱婷圆场："师父看人很准的，你以后肯定不会差。我跟你说，你之前是因为没有发挥自己的长处，我操持得多一些，但你有能力我也一直都知道的。"

师父听完邱婷的话，点点头说："何一肯定前途无量。"

我对师父礼貌一笑："师父道行高深，有你这句话，我心里踏实了。"

老莫不想多听这三个人再扯其他的，问邱婷找自己什么事。邱婷也不藏着掖着，说师父在那边积累了快一百万的粉丝，现在热度很高，这几次过去跟师父商量好了，成立一个公司，在现有基础上发展更清晰的经济效益。包括售卖师父亲自开光的纪念品，以及线下慈善活动，都能有不错的收入。老莫和我听得似懂非懂，老莫问自己需要做什么，邱婷说给老莫算股份，借助老莫播客公司引流，让老莫用自己的关系在南山旅游区拿一个院子，大家一起投点资整改一下，如果能落实，师父就可以直接过来工作，效益做起来就分红。

老莫听了沉思起来，邱婷问老莫的意见，老莫说事情虽然能做，但是运作起来不会像想的那么简单。如果通过自己公司引流，而公司本身得不到实际利益，那么其他股东肯定不会同意。至于南山的院子，通过关系可以用很低的租金拿到，但是起码也要三年起签，所以前期规划一定得深思熟虑，确保万无一失。说完之后，老莫又补充一句："我对这事还有点兴趣，前提是得做足准备，不然我不敢参与，弄不好影响了师父的修行，罪过就大了。"

师父对老莫笑了笑说："老莫，你太为人着想，一看面相就知道你心善，这事行与不行都先在此谢过了。"

吃完饭，邱婷和杨妮妮送师父回酒店，我和老莫从餐厅出来，我们没等对方开口就一起笑起来。老莫说这两个女人真是异想天开，竟然想整这一出。我说这还用想，这大师一看就不是什么善茬。老莫眼珠一转，若有所思地说："吃饭的时候我发现邱婷看大师的眼神挺奇怪的，这个大师看邱婷的眼神也不太对。"

"什么意思？"

"就是他们俩不正经。"

"扯淡，邱婷不至于那么没底线。"

老莫很认真地看着我说："反正现在邱婷跟你也没关系了，我一直觉得邱婷属于女人中的另类，内心冰冷，男人对她来说都不重要，只要她觉得可以共事，就可以跟这个男人关系变得亲密。"

"你的意思是邱婷跟谁都能产生感情？"

"不，越是这样，越不会有真感情。而是权衡好了利弊，从而决定相处的尺度。"

我点点头："你一说还真是。"

"这一点我肯定，你想想，你跟她从认识到结婚，是不是也挺草率的？倘若没有那次欧洲旅行的契机，没有那个教堂烘托氛围，说不定你们早就分道扬镳了。"

老莫的话让我低头不语，老莫问我在想什么，我勉强挤出个笑容回了一句:"反正邱婷现在跟我也没关系了。"

我前脚回到家,邱婷后脚进屋,进门就对着我一通发火,说我不尊重她们的师父,话里有话揶揄人家,初次见面连最基本的素质都没有。我看着邱婷,想着老莫说的话,无心争辩。

邱婷气呼呼地说:"何一,你真的让我失望,人家没有得罪你,你不参与讨论就算了,还在旁边阴阳怪气,人家是不想跟你们一般见识,杨妮妮都觉得你没教养,我真后悔叫你去!"

邱婷洗完澡进了卧室,用力把门一关。我走进书房躺下,脑子里回荡着老莫刚才的话,发现结婚这么多年,我竟然一点也不了解邱婷,不知道我对她残存的感情是可笑还是可怜。邱婷突然敲响了书房的门,开门后居然让我明天跟她一起送师父去机场,我不解地看着邱婷,邱婷余怒未消:"我也不知道为什么,师父说明天一定要跟你见一面,有几句话想跟你说。"

"跟我说?为什么要跟我说?我又帮不上你们的忙。"

"我也不知道,他说特别想跟你聊几句,我只希望你能尊重他,别像今晚这个态度。"

我点点头,邱婷回到卧室,书房门被不轻不重地关上。

第二天上午,邱婷开车,我坐副驾,杨妮妮陪师父坐后排，她们跟师父一路商量着这个事业的可行性，也约好了下次见面的时间。到了安检口，大师对邱婷和杨妮妮笑笑，两人借口去洗手间离开。大师见只我一人，便伸出手跟我握手，我不解地看着大师，问："你到底想跟我说什么？"

大师说："你和邱婷的故事我都了解了，邱婷每次都让我开导她，我觉得你们是时候了断了。"

我意外地看着大师，笑起来："大师，我以为你只会看相度人，干你们这行还有拆散别人的业务啊？"

大师听我说完面露愠色，虽不便发作，但看得出对我极为不满。

回去路上，杨妮妮坐在副驾，好奇地问大师跟我说了什么。我漫不经心地回答说他觉得邱婷前路光明，让我跟邱婷一别两宽，各自安好。

杨妮妮笑起来："他不会说这样的话吧？再说他也知道你们已经分开了。"

"他可能是怕我今后还会给邱婷拖后腿吧。"

邱婷专注开车，毫不理会我的话。杨妮妮问我接下来怎么打算，我看着后视镜中杨妮妮的眼睛回答："听大帅的话，不耽误邱婷，自己找地方。"

十

我跟邱婷最终画下句号，是一次我长途出行之后。长途归来，我迅速收拾东西搬离了邱婷的房子，各自再也无须顾及对方的一切了。

杨妮妮为邱婷接了一个新的工程项目，项目地址在离城区四百公里外的偏远县城。对方是县城首富，我和杨妮妮分别以邱婷助理以及同事的身份前往。工程项目虽然不大，但是如果对方满意，整个县城今后的多个项目同时联动，成百上千万的项目价值将会紧随其后。

出发前几天，因疫情封控，高铁停运，我们只能开车去，两个小时的高铁路程开车需要五个半小时，加上中途休息算起来将近七个小时时间。邱婷让我同去，并承诺项目百分之十的利润归我所有，我笑着说她真把我当成了合伙人，但立刻表明立场说此行我只当司机，别的不谈。

一路上我们三个欢声笑语，驶过一座座隧道和桥梁，走过一个个新兴的区县，自然地貌不知不觉发生改变，高速公路由宽阔慢慢变得狭窄，巍峨的群山渐渐将我们收入怀中，蜿蜒曲折的高速公路让车速不断降低。我们从艳阳高照的上午出发，听完了车里所有音乐，在四个服务区品尝了不同的特色美食后，终于在日落黄昏时到了偏僻的县城。县城在长江和大山中间，穿过滨江公路，能看到极目处若隐若现的神女峰。神女峰举世闻名，却少有人亲临。我们在长江边下车，目睹云雾缭绕的绝壁悬崖，感叹自然造化的神奇。

晚上我们入住县城唯一一家五星级酒店，甲方李老板在自己的私人餐厅里设宴，率几个经理热情接待我们。我以邱婷助理的身份被客气、礼貌对待，而几个男人面对气质优雅的邱婷和杨妮妮表现得既主动又兴奋，我猜测李老板只知道杨妮妮肤白貌美，没想到一起来的邱婷更是婀娜多姿。我作为陪衬自然少不了举杯助兴，白酒喝了三壶，红酒干了一杯。其中一个经理读懂了李老板的意思，拍着胸脯对邱婷说："邱总，这个项目虽然不大，但交给你绝对放心。你只管去做，这个县城五成地产都是我们李总的产业，未来还有更多机会一起共事。"

邱婷拿起酒杯对经理一笑，紧接着转向李老板说："李总，我早就听妮妮说你家大业大，为人也豪爽，今晚有幸相识,若不嫌弃我这个妹妹,以后事业上就靠你多关照了。"

李老板举起酒杯回应:"哪里的话?你这样的妹妹能力出众,气质也不俗,能认识你我相当高兴。这杯酒你跟经理喝,我手里这杯得重新敬你。"

邱婷跟经理碰杯一饮而尽,再倒上一杯,微笑地看着李老板。两人轻轻碰杯,邱婷双手举杯说:"哥哥,谢谢你的厚爱。"

大家酒足饭饱后,又去餐厅旁的KTV里唱歌。几个经理为了助兴,嘶吼了几首老歌,大家又倒上啤酒,推杯换盏间气氛又达到顶点。众人吆喝要看李老板跟邱婷跳交谊舞,李老板连连摆手,邱婷掩面含笑,一个经理嚷嚷:"合作如此顺利,李总若不跟邱总跳一支舞,我都觉得不完美。"

李老板急忙说:"不行不行,我妹妹旅途劳顿,又喝了一晚上酒,你们这就是为难人家。"

邱婷替李老板解围说:"哥哥你不用为难,我们兄妹有幸认识,跳一支舞也是理所当然。"

有了这句话,李老板立即起身伸手邀约,邱婷拉过李老板的手,两人在中间跟着旋律转圈。经理们齐声喝彩,我也迎合鼓掌,不断应付着经理们轮番的敬酒。

李老板在跟邱婷跳了几支舞后,出包厢接了一个电话,回来说今天太晚了,考虑我们旅途劳顿,让我们赶紧休息,晚宴到此结束。我们三人在酒店两个套房里安顿下来，邱婷强撑着身体被杨妮妮搀扶进房间，我走进自己房间先对着马桶一顿乱吐，嘴里不由自主骂着这些人，想着邱婷今晚的表现，心里虽有不快，但也不得不佩服她的公关能力。

我洗完澡后浑身无力地瘫在床上，随意将被子一裹，在大山和江水气息笼罩下的小县城中，睡得格外香甜。

第二天，李老板带我们去参观本地产业，破破烂烂的小县城里有几条新建的商业街，在小城里显得略有违和，在商场里能见到几个大街上看不到的时尚男女。李老板说这叫作潮流引导，自己的任务就是把现代商业的消费意识引入这个县城，让人们的生活娱乐品质跟大城市接轨。在商场里，李老板挑选了两个包送给邱婷和杨妮妮，两人客气地推辞，李老板执意要送，大气地说："妹妹远道而来，不准备个礼物我心里过不去，必须收下。"

邱婷和杨妮妮连声道谢。接着又跟李老板参观新工地，在一片亟待动工的工地上，李老板介绍这里未来将是整个省东南区域的科技住宅群。邱婷看着眼前一大片土地，又看了一眼李老板，微笑着说："哥哥你产业那么大，今后妹妹真就仰仗你多帮衬了。"

李老板拍拍邱婷的肩膀回应："以后，这地方你会常来的，等项目开始，这也就是你家了。"

中午在江边饭店，李老板请大家吃鱼，这家饭店的野生鱼肉质鲜美，我毫不在意李老板和邱婷的事业蓝图，而是大快朵颐。李老板的经理对着远处的山峰说起了久远的神女传说，炎帝女儿化身瑶草，感化楚王一段故事让大家不由得向神女峰多次眺望，经理还趁机吟诵了几句《高唐赋》和《神女赋》里的句子，附庸风雅。李老板对经理的表现很满意。我悄悄又看了一眼远处缥缈的山峰，早就看清自己身边芸芸众生里的各种虚情假意，商人谈文化有时候真是可笑。

吃了午饭，大家在工地上转了一圈，煞有介事地讨论一番，准备回程。李老板及几个经理想挽留邱婷、杨妮妮多待一天，我们婉拒后回酒店取车，杨妮妮跟邱婷说封控解除，自己身体不舒服，想买高铁票先走。邱婷马上让杨妮妮给她也买一张，然后告诉我杨妮妮希望自己陪着她一起回程，我点点头说那我自己开回去就行。

我把两人送到高铁站，邱婷下车前让我开慢一点，我转头对邱婷说："我回去以后就搬走，这次咱们都别磨叽了。"

邱婷没有多说，只是再次提醒我路上小心。

一路上，我独自驾车在蜿蜒的高速公路上飞奔，在中途换了路线，想看看不同的风景。我打电话给老莫，说我会马上搬出来，跟邱婷有关的日子彻底结束了。老莫好奇问我怎么回事，我说："拖得够久了。"

在服务区休息的时候，邱婷发信息问我是否疲劳，我回复说自己精神抖擞，不用她担心。在艳阳高照的午后，汽车一路飞驰，我慢慢觉得困倦不堪，于是连上蓝牙，开始收听一个播客节目——《三好坏男孩》，主持人采访着一个整形医生，医生讲述了形形色色的顾客，为爱为钱，也为自己不惜整形改变模样，有人顺利改变人生，有人却误入歧途。节目最后，主持人问了医生一个问题："整了形，人就会变吗？"

这医生略加思索后回答："不，不整形也会。"

在夕阳余晖落尽，漫漫黑夜来临的时候，高速路上终于出现了熟悉的景色。过了收费站，邱婷打来电话问我到哪里了，我说刚进城，要去吃个晚饭，邱婷没有多说。我在路上随便吃了一碗面，带着一身疲惫停好车上了楼。邱婷在家聊着工作，见我回来问我要不要吃水果，我对邱婷笑笑说累了想睡觉，说完走进浴室洗漱，然后回到书房。躺下后，我心里涌起一阵感伤，因为等我睡醒后，这个家跟我再无任何关系了。

我好多年没有睡过无梦的觉了，不知道是因为劳累还是彻底放下了，这一觉隐隐有些梦境，醒来却一个情节都记不住。我醒来时，家里没人，我打电话让老莫开车来，把一些衣服打好包，私人物品装了装，洗漱用品全扔掉，想尽量把我的痕迹从这个屋子里抹去。老莫帮我拿了几趟，最后一趟，我把钥匙放在了鞋柜上。老莫问："再想想？"

我轻松地说："不用想了，决定了。"

老莫说："我是让你再想想还有什么东西没拿。"

我环视了一圈屋子回答："什么都不需要了。"

我把东西全部搬回了我的小房子里，房子还没来得及打扫，我简单地把沙发整理了一下，铺了床被子，心想有个睡觉的地方就足够了。老莫看不下去，给我找了一个家政人员，让她来做个全面清洁。清洁的同时我跟老莫去楼下小饭馆吃饭，收到邱婷给我发的信息：我一直在卧室里，没离开。

我回了一条：希望你保重。

吃完饭，老莫要去忙，我道声感谢让他走了。杨妮妮突然打来电话要跟我见面说几句。不一会儿，杨妮妮到了，我买了两瓶水，杨妮妮说找个咖啡馆，我说就在这说吧，水给她买好了。杨妮妮无奈地坐下，我微笑地递过水，杨妮妮问："你不觉得你的行为很幼稚吗？"

我喝了一口水："你不一直希望看到这一天吗？"

杨妮妮问："是不是因为昨天的事？"

我说："昨天的事，让我把所有的放不下都放下了。"

杨妮妮想了想说："邱婷昨天确实有不对的地方，但你知道，她是没办法，甚至还有一部分原因是为了你，这个项目那么大，未来的价值很高，即便只有百分之十，也是很可观的，难道你现在肤浅到连商场上的逢场作戏都接受不了？"

我盯着杨妮妮，杨妮妮也盯着我。

我问："杨妮妮，你觉得邱婷适合我吗？"

"不适合。"

我平静地说："对，我以前一直觉得，合适不合适不重要，两人在一起有感情就行，但现在，从昨天开始，我觉得我错了，我跟邱婷不合适，特别不合适，必须马上分开，我一刻也等不了。"

杨妮妮不解地问："为什么？今天你走了，邱婷给我打电话，我听得出来，她心里不好受。"

"不好受也顶多几天时间，甚至不需要几天。"我说。

"那你到底在想什么？"

我认真回答："很简单，我在想，我们长途跋涉去了那么远的地方，喝了一晚上酒，走了一上午的路，大家都疲惫不堪。回主城七个小时的车程，如果司机换作是你，邱婷一定会陪你。如果换作李老板，邱婷更会主动。可那个人是我，我无法想象，如果邱婷一个人开车回来，我怎么才能忍心做到去买那张高铁票？那一瞬间我明白了，我确实对她没有价值。那一刻，我不爱她了，我承认我以前爱，我承认离婚以后我也爱，但现在，不爱了。"

杨妮妮安慰我说:"这个事她确实做得不对,委屈你了,你别生气。"

我笑笑说:"生气和失望是两码事,生气还可以等着被人哄,失望则是什么话都不需要说。这个世界上,有的人用感情维系感情,有的人靠利益维系感情,这两类人永远不会改变。"

杨妮妮没有再说话。我点燃一根烟,抽了两口,对杨妮妮说:"我们没有交集,以后也不会有,但你对邱婷来说很重要,值得她珍惜。我跟她正式结束了。"

我礼貌地起身说:"杨妮妮,我是发自内心祝福邱婷,虽然以后就是陌生人了,你真的不错,也希望你顺利。"

杨妮妮对我笑笑,目光里露出从未有过的真实:"何一,你也保重啊,好好的。"

"好嘞,再见。"

"再见。"

毫无预兆的一天,没有波澜的日子,两个女人永远从我生活里消失了。爱与厌恶,不舍与嫌弃,欢笑与争吵,都在一个稀松平常的午后烟消云散。

十一

"你什么时候能跟我结婚？我不想等了！"

凡凡在喝醉后问我。

周末晚上，老莫主动约了酒局，李丽丽、凡凡、吴微、徐锐全部参加。在餐厅包房里，几个损友各自准备了礼物。

李丽丽准备了一个蛋糕，说我走出邱婷家算是新生。吴微准备了一幅画，画的是星空下的一片田野，寓意接下来我将前途广阔。徐锐送了一瓶红酒，要我确定了下一个对象就喝酒庆祝，并打赌说这瓶红酒存放的时间一定不会太长。而老莫去花鸟虫鱼市场买了一只价格高昂的龟，浑身泛着黄金色泽，说何一没女人陪伴，就暂时养个宠物，这龟叫金钱龟，寓意着发财。

大家欢声笑语，轮到凡凡时，凡凡扭扭捏捏，在大家的催促下，凡凡拿出了一个盒子，众人好奇地盯着盒子，凡凡慢慢打开盒子，里面放了一把钥匙。凡凡红着脸鼓起勇气当着所有人面把钥匙递给我："何一，我们俩的事就不用遮遮掩掩了，兜兜转转这么些年，没想到我们又回归单身了，家里钥匙给你准备了，你如果决定好了，就收下这个礼物。大家都准备了礼物，我的礼物很简单，就是我这个人。"

大家开始起哄，李丽丽兴奋地举起酒杯，要我今晚必须用这把钥匙开门回家，吴微说这是她搞艺术这么多年都无法想象的浪漫场景，老莫和徐锐两人先把酒喝完，说我竟然会让一个女人如此死心塌地。我不知所措地看着大家，看着凡凡，凡凡一直红着脸。

我把钥匙接过来，等大家安静后，自己先饮一杯，然后说："这个钥匙我会收好，凡凡的门我也会进，但不是现在，我一直过得像个邱婷的跟班，她闺密这么多年也觉得我不像个男人。老天有眼，我在走投无路的时候时来运转，跟李丽丽做起了事业，凡凡也一直做我的后盾。一句话，珍惜我的人，我也得有能力珍惜她，所以，先给我点时间，让我努力一下吧。"

凡凡微笑地看着我，大家各自满上，支持我的想法，我们肆无忌惮大口畅饮，我感觉今晚自己像个挣脱束缚的游魂，呼吸着人间的新鲜空气，感受着城市的醉生梦死，又忽然觉得在场每个人都如我一样，解脱一般轻巧自在。老莫把李丽丽搂在怀里，两人几次用交杯酒为我助兴。徐锐和吴微两人也似多年旧相识，谈话间默契击掌，互诉衷肠。

酒一直喝到深夜才散场，我送凡凡回家，在小区门口，半醉的凡凡一把抓住我的衣领，蒙眬的眼神突然闪过一道犀利的光，口齿不清地说："你别给自己找那么多冠冕堂皇的理由，什么努力不努力，你是不是还没做好准备，或者根本不想？"

我解释："我真的需要时间，我不想再被别人看成吃软饭的人，你现在的条件比我好，我想翻个身。"

凡凡一推我："你什么时候能跟我结婚？我不想等了！"

我看着凡凡脚步不稳，想上去搀扶，凡凡再次推开我，歪歪扭扭往回走，边走边嚷嚷："别来碰我，你想不清楚就别再靠近我！"

在我跟邱婷分开的一个月后，之前的医美项目在李丽丽的店里累积卖给了三十多位客户，说好为顾客注射成本昂贵的聚左旋乳酸材料全部换成了常规药品。分钱时我分到三十万，这些钱对现在的我来说不仅是经济上的收益，更是心理上的满足。分账的时候李丽丽有点犹豫，问我是不是可以收手了，因为有一两个顾客置疑我们的产品是故弄玄虚，看不到真正的效果。我安抚李丽丽："这种产品是有批号的，本来就是用于注射，我们只不过是混合了一些维养药物，这些顾客不会因为花了这点钱来找你麻烦。"

李丽丽仍然感到不安:"我们店里的顾客很多是相互认识的,一个两个不满意倒还无所谓,但是她们如果一起找麻烦的话我这诊所可就完了。"

"接下来我们换稍微靠谱的一些项目来做。"

"可我感觉你手里的东西都不靠谱。"李丽丽冷笑道。

"可你拿在手里的钱是靠谱的。"我强行解释。

"也对。"李丽丽放松笑起来。

我继续开导李丽丽:"你知道你开这个医美诊所的意义在哪里吗?"

李丽丽摇摇头。

我继续说道:"你开店的意义在于选择人,你需要嫌贫爱富,需要善于攻心,需要察言观色,需要虚伪浮夸。"

李丽丽表示不认同:"我可不是那样的人。"

"之前你的生意一直不温不火,就是因为你的思路错了。你开的不是公立医院,不用去救死扶伤。"

李丽丽瞪大眼睛看着我说:"何一,你知道吗?我今天才算真正认识你,你这些话让我不寒而栗。"

"以前你只觉得我吃软饭?"

"那倒没有,我一开始就觉得你有能力,只不过邱婷比你更有能力,或者说你以前根本没有行动起来。可是,我没发现你内心竟然那么可怕。"

我笑了:"跟一个商人老婆待久了,也耳濡目染吧。毕竟我这岁数是不可能踏踏实实一步一个脚印来了,我必须走捷径。"

李丽丽点上一支烟:"我不知道你是对是错,至少分钱的时候,我觉得咱们没错。你知道我小时候最喜欢什么动物吗?我最喜欢蚂蚁,因为妈妈告诉我它最勤劳,蜜蜂只用采蜜,蚂蚁却要搬运各种比自己大很多的食物,风吹日晒都不能停止劳动。我心疼它们,于是每天在家门口给蚂蚁喂食物。现在自己的生活沉重不堪,没有一个人能给我轻松。"

"老莫可能不会让你轻松,但是起码能给你一点快乐吧。"

李丽丽点点头:"确实可以,他很会讨我欢心,现在我都觉得自己已经习惯有他在身边的日子了,不听他说话感觉总少了些什么。"

我顺着李丽丽的话说:"所以,有老莫在,你也是一只小蚂蚁。"

说完老莫,李丽丽问我到底什么时候能跟凡凡一起过日子,凡凡现在最大的愿望就是拥有我。这话让我沉思起来,我明知道开始一段舒适的生活如此简单,但是就是不愿迈出这一步。

李丽丽问:"你到底在担心什么?还是你根本就不喜欢凡凡?"

"都不是。"我回答道,"凡凡希望找个人过安稳日子,每天一起起床吃早饭,下班一起做晚饭,生个孩子,两个人相濡以沫、白头到老,听起来好像是很美好的。可是我现在还不想这么过,总觉得人生应该干点轰轰烈烈的事后再平平静静地生活。"

"你想怎么轰轰烈烈?"

"我还没想好,但凡凡被我伤害过一次,如果这次我答应了她,以后真的不可能再翻起什么风浪了,只能好好过日子,柴米油盐。"

李丽丽想了想说:"我这样的女人可能更适合你,或者吴微那样的艺术家,凡凡这人太好,像一杯白开水,清澈透明又养人,可偏偏她遇到一个只喜欢碳酸饮料的你。"

下班后,我提议一起吃个饭,今天分了这么多钱,怎么也得吃个大餐喝一点。李丽丽看看时间,妩媚一笑,说:"老莫一会儿来接我看电影,你自己吃吧,我要去做一只小蚂蚁了。"

我只好独自漫步在傍晚六七点的城市,明明有一笔不菲的收入进账,却找不到一个人分享心情。我打电话给凡凡,但是凡凡很冷淡,说自己太忙,不知道这态度是什么意思。

我又打给徐锐,他正在跟客户整理合同细节脱不开身。我又想了想,打给了吴微,吴微接到我的电话颇为意外,邀请我去她别墅门口的餐厅吃料理,我赶紧叫了个车过去。到了餐厅,我看见吴微带着女儿等候着,女儿婷婷起身叫叔叔好,吃饭的时候主动给我夹菜。婷婷吃饱了,说同学在门口等她去玩,把茶水给我和吴微倒上,让我吃好,起身走出了餐厅。

我惊讶吴微是怎么培养出那么懂礼貌、有气质的女儿,吴微说自己最骄傲的有两件事,一件是自己的作品,一件是自己女儿。我点了一瓶清酒,吴微说跟我这样的人喝酒比跟艺术圈那些大师要有意思,喝酒的时候就该聊七情六欲,聊什么艺术,艺术是独自静下来的时候自己与自己内心的交流。吴微最好奇的是我对待凡凡的态度,一个三十多岁的女人能当着大家的面做出这么勇敢的事,确实感人,再加上凡凡漂亮、温柔,应该是很多男人喜欢的类型。吴微问:"当时我觉得你肯定拿过钥匙,然后一把把她搂进怀里,没想到你竟然那么理智。"

"不是理智,是害怕。"

"我懂。"

我有些意外地看着吴微:"你懂?"

"当然了,因为你不是能安心过平静日子的人。"

"为什么这么说？"

"男人都没有绝对的本分，可能只有挂在墙上的时候男人最老实。感情只会越来越枯燥，单靠两个人感情很难维系长久，男人顾家也多半因为孩子。你跟邱婷七年都没孩子，其实一定程度上你们只是恋爱了七年。凡凡现在的生活是你没有真正接触过的，所以你怕。"

我点点头："分析得很对，我彻底迷茫了。那你觉得该怎么办？"

吴微挑挑眉："这种问题谁都无解，倒是有个办法，当你感情受困时，就去挣钱。"

"好主意，我觉得你活得特别通透，感觉你根本不需要男人，你这样的女人很让人有畏惧感。"

"我也是被男人伤透了，才会觉得人情淡漠，对男人不会抱希望。我生孩子的时候都没人管我，还好自己能挣钱，一下请了三个月嫂照顾我，一个做饭、做家务，一个专门照顾宝宝，一个贴身伺候我。我早就想开了，努力挣钱，将来不给孩子添麻烦，住最好的养老院，喜欢哪个护工就请哪个，看哪个不顺眼就让他滚蛋。"

我给吴微鼓起掌来，称赞她是我见过的女人里最不与世俗为伍，又能驾驭世俗的人。吴微谦虚地说是我谬赞，说她自己只不过运气好，女人只要不依靠男人活着，人生就拥有了一半的好运气。

婷婷回来，见我跟吴微还在聊天喝酒，问需不需要回避，我急忙说不用，我们差不多也吃完了。婷婷说已经把账结过了，我惊讶地说一个初中生瞎结账干什么。婷婷彬彬有礼地说："妈妈平时给我的钱我都存着，叔叔您是妈妈的朋友，妈妈在这个城市朋友不多，所以我替妈妈表示表示，希望你们保持友谊。"

我不可思议地看着婷婷，又看着吴微，发自内心地说："你女儿日后必成大器。"

吴微笑起来，我们走到餐厅外，吴微再次问我，是不是真的不会接受凡凡，我也重申了我自己害怕伤害凡凡的态度。吴微说："行吧，可能我过段时间需要你帮个忙，目前看来，最让我信任也最适合帮我的只有你了。"

"什么忙？现在说呗。我肯定两肋插刀。"

"几句说不清，改天约你详谈。"

"好的，回见。"

"等等。"

吴微叫住我，我看着吴微。吴微忍不住笑，看了一眼婷婷说："那天我送你的画，其实是婷婷画的。"

我又惊讶地看着婷婷，不敢相信这个初中小姑娘有着超越成人的情商和才艺。

"怎么样,是不是很意外?我女儿厉害吧。"

我对着婷婷深深鞠了一躬,把吴微和婷婷都看愣了。我笑对着婷婷说:"千万别太优秀,给自己留点快乐的余地。"

转身走之后,吴微发来微信问我那句话是什么意思,我回:所有人都觉得你特豁达,别装了,你根本就不快乐。

过了一会儿,吴微用嘲讽般的语气回道:小崽子,不要自以为是。

十二

连续几天,我都跟吴微发信息到半夜,开始吴微会主动问我白天忙了些什么,后来嘘寒问暖关心我的情绪。我好奇地问吴微为什么一下子跟我有这么多话说,吴微简单地回:你猜。

我猜不透吴微的想法,吴微告诉我,因为我是第一个看透她的人,她确实表里不一地过了很多年。吴微问我怎么看到她真实的一面的,我也简单地回:你猜。

为了得到答案,吴微单独约我吃饭,我告诉吴微:"我去你家看到你的画都是冷色系,风景画以秋冬天为主,人物几乎都出现在安静的室内,人物眼神柔和但并不有神,而是靠环境衬托整体画面风格,弱化了人物个性,为什么?因为你想隐藏一些东西。在画派上,这叫灰色意识还原。而平时你说的那些看似洒脱的话,归结起来都有一个共性,叫放弃。"

吴微问:"你竟然知道灰色意识还原?"

我回答:"以前我也迷恋过艺术,后来进入社会久了,这病治好了。"

吴微像凝视一道深渊一样凝视着我,嘴角露出轻浮的微笑:"何一,我知道为什么你前妻不愿意放弃你,凡凡对你也那么钟情了。"

我不解地问:"为什么?"

"你有一颗女人的心,甚至比女人心还细,所以跟你相处让人舒服。没有棱角的人才是最锋利无比的,所以你有杀伤力。"

"吴微,你是第一个把我捧杀得那么具有艺术感的人。"

吴微笑着摇头:"这不是捧杀,是看破。你看破了我,我也看破了你。我们都在隐藏自己,不是吗?"

我思索了几秒点点头:"有一定道理。"

吴微继续说:"你跟前妻在一起,一定是因为自己想过得舒服,才故意用无能包容了她的强势,所以她舍不得你,因为她有十足的存在感。凡凡能看上你,也知道你并非生活里表现的那样,所以她对你一直意犹未尽。"

"吴微,你并不了解我。"

"是,但我们也认识了不短的时间,饭桌上你表现出的样子,根本就不是一个心甘情愿吃软饭的男人该有的。如果你真是那样的人，凡凡这么优秀的人怎么会留恋你这么久？你竟然能从我的画里看到我的内心，何一，你让我有兴趣了。"

"可别对我有兴趣，我的生活已经陷入泥潭了。"

吴微说："会有人把你拉出来的。"

接下来的日子，吴微跟我聊天越来越深入。谈及情感，吴微表示如果我肯完全露出真实的一面，她说不定也会被我吸引，她不需要一个金钱上能满足她的人，而是让她在灵魂上得到洗涤的人，或者干脆让她释放灵魂的人，我有这个潜质。我问吴微难道不在意凡凡，吴微表示自己跟凡凡本来就不熟，何况我也没有选择凡凡，她没有什么心理负担，人活着就不该遮遮掩掩。

凡凡并不知道我跟吴微有联系，会在休息的时候把我叫上，陪她待半天时间。我们在车里待的时间最久，凡凡说车里是最私密的，跟我待在一起更有安全感。这回在车里，凡凡第一次跟我谈起医院的事。

凡凡拿出一张卡给我："这是医院这个季度的分红，从今天起，每次分红我都会打一半在这个卡里。"

"你这是干什么？"

"还债。"

"什么意思？"

"如果不是你退出这家医院的股份,不是你费心操作,我也不可能成为医院的股东,为了跟邱婷结婚,你连股份都不要了。当时我也是一气之下接受了你的条件,但是现在觉得还是有点占你便宜。"

"那时候是我自愿的。"

"如果当时你知道医院会发展成现在的规模,你还会让出股份给我,当作对我感情的补偿吗?"

"当然不会,现在的我更现实了。"

"所以啊,我为你再付出一次,现在医院鼻综合基本排满,一半是修复手术,价格更高。中重度的吸脂我们都取消了,手术重心全部在鼻子和眼睛上了。"

"当时我在的时候可没那么好,无创和皮肤科每天都没什么人,手术更少。"

"现在经常排满,你说你走得多亏。"

"这是命吧。"

凡凡透露了一个秘密:"何一,你瞒着邱婷,瞒着所有人把股份转给我,本来你可以拥有更多,肯定后悔过。还好你碰上的是我,不过我没有任何事瞒着你,现在我要对你说实话。"

我看着凡凡,不知道她要跟我说什么事。

"你们拿离婚证那天,吃完饭,邱婷晚上没回家对吧?

她来找了我,在我家待了一晚。"

我无比惊讶地瞪大了眼睛。

"这是我唯一瞒着你的事。在你们离婚之前,我们就沟通了好多次,她清楚我结婚和离婚都是因为你,也知道我没有放下你,所以她主动来找我。那天晚上在我家,我没有告诉她你曾经也是这个医院的股东,但是我告诉她,如果你们分开,你会有更大的发展空间,邱婷也希望你能跟我在一起。"

我感慨道:"我以为你们会水火不容,没想到你们竟然早就站在了一起。"

"不是,我们也吵过,因为邱婷对待你的方式让我接受不了,她明知道很多人都觉得你在吃软饭,却从来没有真正想帮助你做你想做的事,别人误解她也不去解释、反驳。"

"她就是那样的性格,不过这些对我来说不重要,因为她跟我已经没有任何关系了。"

"你不了解邱婷,她非常要强。为什么她使劲把我往你身边推?因为在你们离婚之前她就跟我谈判商量,甚至还说如果我们能结婚,她会给十万的礼金。"

"她疯了吧?"

"那是因为她无法接受一个不如她的女人得到你,也不能接受一个比她更优秀的女人得到你,这些都会让她觉得自己很失败,所以只有我得到你才能让她心安,因为她在几年前不费吹灰之力就战胜了我。"

"你们都是疯子。"

"何一,你要不要跟我结婚?"

"现在不行,我还没有站起来。你很优秀了,我现在的样子真不合适。"

"你觉得两个人结婚怎么才算合适?"

"要么你足够弱小,要么我足够强大。"

凡凡笑笑,从车里拿出一张请柬,对我晃晃,说:"周六去陪我参加一个朋友的婚礼吧?"

"谁啊?"

"你不认识,但你会很意外。"

周六天气晴朗,我陪凡凡来到一个奢华的酒店,酒店外的草坪上摆满了甜品、饮料和淡雅的花束。新郎是凡凡的朋友,穿着白色西装,看上去西装跟人完全不搭。新郎姓周,见到凡凡格外热情,友好地打招呼,见到我客气地问凡凡:"这位是……?"

凡凡笑着看了我一眼,又看着新郎回答:"周哥,能带来参加你的婚礼的,还有谁?"

周哥急忙跟我握手:"噢,那就是妹夫了,你好你好。"

我尴尬地握手,转脸看见新娘在不远处跟自己的闺密拥抱，哭得梨花带雨，闺密帮新娘擦着眼泪安慰着。我跟凡凡走到一边，问凡凡跟周哥什么关系。凡凡说自己大学刚毕业在医院做护士，这个周哥生病来住院，因为觉得凡凡非常细心，所以留了个联系方式。后来这周哥发达了，有一次喝多了酒胃出血，两人又在医院碰上，她再次照顾了周哥。酒醒后周哥看见凡凡也很意外，单独发了个大红包要凡凡一定收下，从此把凡凡当自己妹妹看待。

凡凡示意我看向新娘："他老婆是个模特，两人认识也就几个月时间，周哥离过婚，一直是个暴发户性格，所以你感觉很不搭是吧？"

我回答："这两种身份反而很搭，各取所需嘛。"

凡凡白了我一眼："你们这种内心不干净的人，看谁都不干净。"

这场婚礼，新郎新娘的父母都没有来，也没有主持人烘托气氛。这时一阵温柔的音乐响起来，周哥拿起话筒牵着新娘走到了台上，大家一起鼓掌。周哥笑着给大家鞠躬，新娘也跟着鞠了一躬。

周哥把话筒拿到嘴边想要说什么，却欲言又止，台下又继续鼓掌。等掌声停止以后，周哥深情款款地说："今天，是我周祖最幸福的日子。我这人朋友无数，但是能交心的没几个，今天来到现场的人不多，可是每一个人，都是我能交心的朋友，感谢大家来见证我的幸福时刻，谢谢你们！"

说完两人又一起朝台下鞠躬致谢，大家再次鼓掌。周哥接着说："大家都知道，我是二婚。第一个老婆，看上了我的钱，没看上我的人。所以，我离了，非常彻底，连孩子都不要了。男人嘛，就该洒脱一点，该断就断！你们说，是不是？"

大家起哄笑起来。

周哥继续说："有很多人觉得我冷血，都觉得我是个只知道挣钱的暴发户，从我离开学校，在社会上摸爬滚打至今，我没听过几个人说我的好话，一看我这样子，就觉得我是个坏人，即便我有钱了，也觉得这个钱一定来路不正。很少有人真正喜欢我这个人，很少有人真正看得起我，直到有一天，我认识了我的老婆。"

所有的人都沉默了，收起了笑容看着周祖，新娘在周祖身边，一脸温情地看着老公。

周哥接着说："我认识了我老婆后才知道，原来这个世界上，对有些人来说，我是有价值的，我是除了钱以外，也可以被人需要的。我老婆，她要的不是我的钱，而是我的人。她不在乎我能不能养得起她，不在乎别人说我长得多难看，有多坏多不靠谱，她相信我，世界都不相信我，但是她相信我。"

新娘侧脸看了一眼周祖，伴娘们也看向周祖，眼神里流露着感动。

周哥拿着话筒的手微微颤抖："前不久我才知道，我老婆从小到大不容易，在她的生活里缺少的是感情，没有人给过她太多的关爱，所以她到今天都是非常独立的人。可是，我觉得这就是我的使命，我会对她好，对她全心全意地好，把曾经人生里该有的感情全部弥补给她。我一定会努力做到，我们以后的人生依然像今天一样快快乐乐，依然能牵着手走在街上。"

周哥眼眶开始湿润，他深情地看着众人说："此刻，我们的父母都没有到场，我作为儿子，感谢我父母对我的养育，感谢他们的理解。我也要感谢我老婆的父母，能把她带到这个世界上，让她今天走到我的身旁。心存感恩是我做人的原则，我会尽最大努力照顾我们的父母，让他们晚年看到我们的幸福。虽然今天我们的父母都没有来到现场，我还是要对他们说，爸爸妈妈，感谢你们！"

周哥说着深深鞠了一躬，眼泪从脸上流下，新娘流着眼泪替周祖擦眼泪，几个伴娘也在抹泪。

周哥转过脸又看着新娘说："最后，我要对我老婆说，老婆，感谢你相信我、接纳我，愿意留在我身边。今天是个非常重要的日子，在这个婚礼上，我对你没有一句保证，也没有一句誓言，我唯一要做的，就是踏踏实实对你好，每一天都像今天一样，努力爱你。"

新娘哭着扑向周祖，两人紧紧拥抱，台下掌声响起，不仅台上的伴娘，台下的女人们都擦着眼角，男人们都用力鼓掌。等到新郎新娘的情绪稍微平复，周哥带领大家举起酒杯，将酒一饮而尽。

婚礼结束后，回去的路上，凡凡问我有什么感想。我在副驾上想了想说："暴发户的爱情真好。"

凡凡转头瞪了我一眼："你胡说八道些什么！你去参加别人的婚礼最后就是这想法？"

我回答："不然呢？如果他不是个暴发户，就凭他这个样子能找到真爱？如果他没钱，他老婆能给他机会？所以还是因为钱，让他长成这个样子依然能活得有底气。"

凡凡骂了句："你真是个混蛋，不可理喻！"

下午凡凡回了一趟医院安排工作，晚上李丽丽叫我们一块儿吃火锅，徐锐出差没能到场，老莫和李丽丽还有吴微在火锅店等我们，我跟凡凡一起赶到。看到吴微我有些尴尬，吴微热情地跟凡凡打招呼，故意不理我。吴微问起凡凡最近医院的生意和发展，凡凡对吴微突如其来的关心有点不知所措。李丽丽跟我说老莫准备入资自己的诊所，我说完全没必要，这诊所目前的性质不需要资金注入，除非再发展一个手术医生。老莫一笑:"医生我已经让丽丽去落实了,这个店只靠你们那些乱七八糟胡来的东西长久不了,我不想丽丽的事业挣一笔快钱就倒闭。"

我看着老莫:"你来投资,但你有时间管吗?"

老莫回答:"当然没有,丽丽在就行。我劝你们挣几笔快的就收手,安安稳稳地做。"

我不屑老莫的话:"你问问丽丽,是安稳挣钱舒服还是现在舒服。"

李丽丽莞尔一笑说:"我只想让老莫心里舒服。"

大家嘘了起来。我叹口气:"误入歧途。"

我打算引进一些低成本玻尿酸注射几个模特,我和李丽丽都能来能操作。凡凡一听在旁边急了,嚷嚷:"何一,你能不能不要瞎折腾?你是不是打算找你的药贩子买工业玻尿酸?顾客打了以后面部僵硬会找你们麻烦,就算消肿了肉条感也会很明显,还有现在我们医院注射都是胶原蛋白和玻尿酸还有骨性材料配合,人们的审美越来越高,你们会把自己做垮的。"

我不以为然:"我们只填充轮廓,不会有问题。"

凡凡转向李丽丽:"我感觉他就在坑你。"

李丽丽笑:"还好吧,至少前面几个月收入还真不错,没遇到什么问题。"

凡凡看向我:"何一,你自己也做过医院,你知道胡来时间长了会造成什么麻烦。"

我点点头:"就是因为知道,所以我才懂得一边挣钱一边规避麻烦。"

老莫笑起来:"何一单身以后,这商业头脑一下子就发挥出来了,所以人家说女人有时候会左右男人的事业是对的,邱婷阻碍你太多年了。"

李丽丽对着老莫说:"说得对,我觉得我也得注意,别成为别人的阻碍,耽误人家发展。"

老莫嬉皮笑脸地回:"我不一样,我属于越靠近女人越聪明的类型。"

吴微也插一句进来:"男人对我来说,也是用来长智慧的,所以我的生活里没有爱不爱一说,反正男人对我来说,来的都是客。"

凡凡无奈地摇头:"我真是交友不慎,怎么认识了你们这一群人?"

李丽丽下了个总结:"咱们这群人,散是满天星,聚是一群鬼。"

大家觉得李丽丽的总结精辟,笑着碰杯畅饮。

喝完酒,凡凡和我觉得疲惫不堪,白天婚礼晚上酒局,早晚一折腾,现在只想睡觉。老莫自然而然送李丽丽回家,我好奇多问了一句:"老莫,每次散场你是送丽丽回家吗?"

凡凡拍了我一下:"关你什么事?人家都有家,不回家能去哪?"

吴微说:"成年人想去的地方多,能去的地方真不多。"随即看着我和凡凡问,"你们俩每次都回各自的家吗?"

凡凡看着吴微,斩钉截铁地说:"当然,我该做的都做了,但是他不给我一个确切的答复,我也不会让他进我的家门。"

凡凡叫了个代驾把我送回家,在车上,凡凡自言自语:"今天怎么感觉这么奇怪?"

我察觉到凡凡对吴微的反应,故意说:"有什么好奇怪的?"

"真的奇怪,今天总感觉有哪里不对。"

"你可能真累坏了。"

下车后,凡凡叮嘱我早点睡觉,催促代驾开车,她已经困得不行。我走到单元门口正要开门,吴微一下子出现在我眼前,轻轻叫了一声:"何一。"

我被吓了一大跳,惊恐地看着吴微。

"你怎么在这?"

"我打车一直跟着你们,看凡凡走了我才跟上来。"

"吓死我了你,你想干什么?大半夜的。"

吴微妩媚地笑了笑，还是用几天以前微信里的口气说："你猜。"

十三

我没想到，刚搬回这个破房子，就会有女人在我家里过夜，并且是吴微这样的性感女艺术家。

吴微随我进门，环视一圈后直摇头。

"怎么了？嫌弃这地方小？"

"不是嫌弃这地方小，而是觉得这不该是你住的地方。"

"这是我家老房子，大房子给父母住了，这房子就等过几年社区拆迁了。"

"拆迁这些是你该考虑的事吗？"吴微一屁股坐在沙发上，"你是个有想法能做事的人，这种地方确实跟你不搭。"

"那我应该住什么地方？"

"我那别墅挺适合你的。"

"你在撩我？"我点燃一支烟问。

"想得美，我还没对谁那么直接过。"

"那你说这话什么意思？大半夜还尾随我一路回来。"

吴微想了想："通过这几天的沟通，我对你其实是感兴趣的。今天晚饭你跟凡凡坐在一起，我觉得你们貌合神离。凡凡不是能跟你有精神共鸣的人。"

"然后呢？你想说我们俩有精神共鸣吗？"

"是的，我能察觉出你很多想法，产生共情，因为你有艺术特质。"

"可我只想挣钱，对艺术没兴趣。"

"但你以前热爱过艺术，你有这个气质。"

"你到底想表达什么呀？"我问。

吴微看着我，冷峻严肃的脸上露出一丝亮色："我想跟你发展一下。"

"别开玩笑了，你知道我才离婚，我们其实并不了解对方。还有凡凡，你真不把她放在眼里？"

吴微露出无所谓的笑容："凡凡并不是我看重的人，她只是李丽丽的闺密，我对你确实是有目的的。"

"什么目的？"

"有件事你不知道，徐锐一直悄悄追我。因为他想跟他老婆离婚，他生活里全是条条框框，令他很窒息。我是他身边人群里最佳选择对象。当然，他说可以先不结婚。"

"那你为什么不答应？"

"因为我对他没有兴趣。"

吴微说完斜靠在沙发上,把脚放上去。

"吴微,你让我有点来不及适应。"

"有被子吗?好像挺冷的。"

"你打算住这?"

"你觉得不方便我可以走。"

"你都收留我住过小别墅,我怎么会把你赶出这个小破屋?"

我给吴微找出一把牙刷和新毛巾。吴微洗完后,脱去外衣,露出纤细的身材。我执意要吴微睡床上,拿出一床还没有套床单的褥子在沙发上躺下。吴微也不客气,有一搭没一搭聊了几句话,我们俩都困倦了,不知道什么时候睡着的。

早上醒来,吴微还睡得很沉,我凝视吴微冷艳的面孔,隐约能看见凹凸有致的身材轮廓。我在厨房煎了两个鸡蛋,倒上一杯牛奶。吴微醒来,看到我正做早餐,在床上呢喃了一句:"真有感觉。"

我扭头看着吴微:"你醒了,赶紧起来洗漱吧。"

吴微洗漱完后,我们俩安静地吃着鸡蛋喝着牛奶。吃完后我说要去李丽丽的诊所,吴微不想走,说好多年没有过早上睁眼看到有男人在眼前给自己做早餐了,想多待一下。我对吴微说:"我们这样的关系,身边有一群那么熟悉的朋友,你说这话是在玩火。"吴微说："如果人连享受一个平静早晨都要畏首畏尾，那活得也太憋屈了。"我问吴微："我不知道你有什么目的和想法，现在我们只是朋友关系，共处一室是不是太奇怪了？"

吴微说："当然不太正常，非常别扭，昨晚太困了不想跟你细聊，这两天有时间我好好跟你谈谈吧。如果你知道我的目的，接受不了，我们还是朋友，多简单的事。"

出门的时候，徐锐打来电话邀请吴微一起吃晚饭，吴微想了想答应了，然后告诉我，自己不会答应徐锐更进一步的要求，不管徐锐离婚不离婚。毕竟面对一个无感的人强作甜蜜，要比跟仇人相处还难受。

到了楼下，我跟吴微各自打车。吴微上车前把我叫住："何一，我还忘了说一件事，赶紧停止你现在手里那些骗人的医美项目，哪怕你一分不挣，我也不会让你过苦日子。"

下午，我在李丽丽的医院商量着注射项目，聊了不多会儿，一个女人带着老公怒气冲冲地走进来，说要退款，理由是干细胞效果几乎看不出来，花了十几万，最后发现自己被骗了。李丽丽出去跟女顾客协商，坚持说这个效果是常年积累的，是体内机能调解的，延缓衰老并不等于返老还童。女顾客表示不想听这一套说辞，直接让我们拿出药品的正版文件，我们早有应对，拿出了相关的证书和国际认证文件，让女顾客去官网上查询。女顾客说:"这都是鬼话,谁知道你们用的是不是这些药,我也不可能去国外考察这些药。"

我在办公室戴好眼镜,彬彬有礼地把女顾客和老公请进门,跟女顾客慢慢沟通,从抗衰的角度让女顾客消除疑虑。其间女顾客老公出去接了个电话,李丽丽在门外无意中听见,这男的原来不是女顾客的老公,而是一个男闺密,偷偷发了个信息告诉我。我看到后立刻重新整理了一套说辞,避开女顾客的置疑,等其男闺密回来以后,开始对男闺密猛攻,故意把男闺密继续当成她老公,说这种干细胞原液最明显的特征是能促进女性的生理机能,接下来一年可以让男闺密多感受。我从药物原理扯到两性关系上,聊了一大堆私密话题,细节也尽量清晰,听得男闺密兴奋又惊讶,像是在听悬疑故事,紧张但又想听下去,看得出来他脑子里已经想入非非。待我说完,女顾客还没开口,中午男闺密忍不住说了一句:"要不然再等等看看?"

女顾客吃惊地看了一眼男闺密,不知道他怎么就突然倒戈,再加上我说的话让女顾客也不好继续追问,她只好阴沉着脸起身说:"你说的我也不能全信,我再观察一段时间,如果没有效果,我还是会来找你们的。"

女顾客和男闺密走出去,男闺密还意犹未尽地回头看了我一眼。李丽丽进来听了我的讲述,忍不住哈哈大笑,眼泪从眼睛里流出来。李丽丽伸出大拇指说："人才，何一你真是个人才，我一定要把这事说给老莫听，有你这样的人才，我觉得做医美真是一种享受。"

我说："我们不但损人，还捉弄人，我都怕会遭报应。"

李丽丽回答："我到你还差得远。你跟我说说，你脑子是怎么反应这么快的？"

我喝了口茶水："我挣的每一分钱，都不想吐出来，只能把自己逼成人精。"

吴微和徐锐的晚餐很快就结束了，吴微跟徐锐表明了自己还处在婚姻中，不会跟徐锐在一起的态度，徐锐有些失落。吴微一边跟徐锐聊天，一边跟我发微信汇报着情况。我觉得吴微的行为很奇怪，但是吴微到底为何想跟我发展我也是一片迷茫，于是我让吴微好好跟徐锐聊天，别再跟我说话，吴微不满地回了一条：主动跟你汇报是在向你表明态度，傻子。在家等我，今天就找你告诉你原因。

凡凡问我晚上在干什么，说没事想来看看我。我急忙找了个理由说要约老莫喝酒。凡凡说我们俩在一起没好事，告诉我以今年底为最后期限，这是她可以等待我的最晚时间，如果要折腾就折腾够，又再次警告我不要胡来，现在医美市场上越来越严格。我敷衍地回复了几句，在沙发上浅浅地睡了，醒来的时候发现门外有动静，好像有人在我的门前做着什么。我悄悄地走到门口用猫眼看，看到凡凡在门口，眼睛正对着猫眼，我吓得不敢呼吸。凡凡片刻后离开，同时我的手机振动起来：我给你买了一点水果和明天的早餐，你喝完回家吃一点，都挂在你门上了，我真不爱看到你们没完没了地喝酒。

我深吸两口气，庆幸家里没开灯，然后回：好的，你辛苦了。

凡凡走了没多久，吴微跟徐锐散了以后赶过来，敲门进屋，我看着吴微，吴微盯着我问："干吗？不欢迎我？"

我摇摇头："你赶紧跟我说你到底在想什么，现在我特别别扭。"

"急什么？我喝口水。"吴微喝了一大口白开水，坐在沙发上长叹一声。

"唉，尴尬，老徐把礼物都准备好了，这男人看来下定决心要摆脱现在的生活了。"

吴微正要跟我说到底为什么想跟我发展，徐锐给我打来电话，说正在我家楼下，问我在不在家。我说在，说完我和吴微都心慌起来。徐锐说马上上楼想跟我聊几句，挂了电话。吴微跳了起来，我环视了一下狭小的房间，让吴微钻到床底下，吴微犹豫几秒后嗖地一下进去了。我提醒吴微把手机调成静音，将吴微的鞋也丢了进去，让吴微别发出声音。

徐锐进门,把没送出去的名牌包往桌上一放,虽然没察觉出来屋里有人来过,但还是用鼻子嗅了嗅说:"你家里味道有点奇怪。"

"这老房子,什么怪味都有。"我故作镇定,"大晚上来找我干吗?"

徐锐开门见山告诉我他跟吴微的事,我假装惊讶徐锐怎么会喜欢吴微。徐锐坚定地说自己生活太平淡,现在带点艺术性的女人就是自己最渴望追求的对象。

"那你跟她说呗,看她对你什么态度。"

徐锐叹口气说:"她对我没想法,她喜欢'有趣的灵魂',不喜欢我这种循规蹈矩的人。我问她,我们这几个人里谁适合她,她说都不适合,非要选择的话,只有你还凑合。"

"我?"我瞪大眼睛假装惊讶。

"是啊,就是你。她好歹也是个艺术家,艺术家脑子都这么不好使吗?"

"你这什么话?我也不差吧?"

"你差不差我知道,反正只要你别去招惹她,我就还有戏。"徐锐不死心地说。

我不知道该说什么,徐锐接着说:"对吴微我是深思熟虑过的,能跟艺术家走这么一遭,我也不虚此行了。"

"你是想跟她成家,还是只是处着看看?"我问。

"成家太远了,说心里话,她有魅力。男人是需要新鲜感情的,她就像是一种外地特产,不管是土特产还是洋特产,你得去尝。我每天都吃本地菜,每天都是一个味道,吃了这么多年,我不能再像以前那么活着了。"

我不清楚床底下的吴微听到徐锐的话是什么感受,于是岔开话题:"你跟闻太师真过不下去了?"

"她现在有点魔怔了,有点精神分裂。自从上次打输了官司,她后面接的很多官司都不顺利。这事不能怪我吧?但是看得出来她觉得那是她工作不顺的导火索,虽然明着不说,但总是暗中给我找麻烦。本来说好谁也不管谁,现在却对我看管得特别严,说我们是夫妻,只要我敢动歪心思,她一定不会让我好过。"

"闻太师对你肯定还有感情。"

"这我知道,但她现在只是不想让我过得太顺。"

"你就早点回去呗,免得又惹出麻烦。"我劝说道。

"不,我今天就不想回去,我就得待到半夜。吴微这小姑娘让我有了豁出去的冲动,不想再活得那么憋屈。"

徐锐说着拿起吴微喝过的杯子,问我里面的水干净不干净,我点点头,徐锐喝了一大口,让我再倒上。

我倒上了水,徐锐问:"吴微最近跟你接触得多吗?"

我点点头:"正常发信息呗。"

徐锐小心地问:"她就没对你有什么别的表示?"

我摇摇头:"哪有？都特别正常。"

徐锐说:"那我就放心了。"

"万一吴微真对我有意思呢?"

"那当然是拒绝啊。你离开了邱婷，现在凡凡还等着你，你窝边草都吃饱了，吴微这'特产'也该留给我了。"

我长出一口气，顺着徐锐说:"是，是。"

徐锐交代我一个任务，让我一定要把包转交给吴微，因为已经买了，自己又用不了，送不出去心里别扭。

徐锐跟我聊着吴微和闻太师，突然我手机上一个陌生电话打过来，我接听，竟然是闻太师。徐锐瞪大眼睛示意我谨慎说话。闻太师问我睡觉没有，我回答说没有，闻太师说她就在我家楼下，想上来跟我说几句话，这么晚打扰不知是否方便。我惊讶得语无伦次，只得说没关系。挂下电话，徐锐一下子跳起来，问闻太师怎么找到我家来的，我才发现老莫二十分钟前发来信息说之前闻太师给他打过电话，因为知道我是一个人住，所以问到我的电话和地址就来了。徐锐着急想躲藏，准备往床底下钻，我急忙拦住徐锐，说床底下东西太多不行。徐锐气急败坏地问我还能躲哪里，我看了看衣柜，示意了一下，徐锐赶紧打开门跳了进去，我把徐锐的鞋子也一并送进衣柜,让徐锐不要出声,徐锐使劲点头。

我打开门,闻太师站在门口非常客气,一直跟我说不好意思。我请闻太师进屋坐下,闻太师坐下以后还是一脸歉意。

"何一,我从来没这么失态过,这么晚了打扰你。"

"嗨哟,闻老师,您客气了,怎么说我跟徐锐也是老朋友,您多晚来都没事儿。"

闻太师先是尴尬地笑笑,接着表明了两点来意。第一,她说自己下午跟徐锐打电话吵了一架,然后就再也联系不上他。第二,自己已经不知道该怎么跟徐锐相处。想问我徐锐到底有没有新欢。如果有,自己可能该考虑放弃这段感情了。

一向作风强势、做事稳健的闻太师,今天竟然露出了委屈的模样,向我说起她跟徐锐从认识到共事再到相爱的经历,又说到岁月无情,自己生完孩子后两人慢慢无话可说,再后来孩子长大,两人只剩为孩子每天忙东忙西的情景。

闻太师伤感地看着我,眼里噙着泪水抽泣道:"何一,不怕你笑话,我家都很传统,结婚之前我妈就跟我说,好好当个老婆。什么叫老婆?始于月老,终于孟婆。一辈子一个人一种生活。现在呢,我有点明白了,生活不会因为我的坚持而一成不变。我打了这么多官司,见了那么多'妖魔鬼怪',

自己却把人心想得那么美好。"

我和闻太师虽然早就认识，关系也很好，但是我从未见过她像今天这样情绪失控，只好说："闻老师，您这话是有道理，但过于悲观了。您跟老徐现在至少还是同处一室，好好沟通呗。"

闻太师又苦笑一下："同处一室有多少伤心事，你也是经历过婚姻的人，你应该知道。"

闻太师的话使我想起邱婷，我们从结婚到分开，虽有争执，但真还没有那么多伤心事，决定离婚时两人也轻轻松松，不知道是不是没有孩子，反而彼此无法产生更深的牵挂。

闻太师在我这里并没得到明确的答案，希望我如果知道徐锐有了新的情感寄托，一定告诉她，她把最后一点念想断掉就是了。闻太师说完问能不能喝口水，我指了指桌上的杯子，闻太师拿起徐锐的水喝了一口，再次表示抱歉打扰我休息。待她走后，我把门关上，打开衣柜，徐锐从衣柜里爬出来大口喘气。我问徐锐有没有听到闻太师说的话，徐锐挠了挠头："每一句听上去我都是个负心汉，连我自己都觉得该背上骂名。可事实上就是没感情了。"

"那吴微就算跟你在一起了，说不定时间长了也不行。"

"我不想理智了，我只想着眼前，不想那么长远。"徐锐一脸心烦地说。

我劝徐锐快回家，赶着闻太师后脚回家早点休息，免得她担心。徐锐垂头丧气地出门，走之前不忘补一句："今天的事千万别告诉任何人，尤其是吴微。"

确定徐锐走后，我轻轻对着床底说："你在床底下没睡着吧？"

吴微奋力从床底下爬出来，一身全是灰，一脸阴沉地看着我，我实在忍不住笑起来。

"你笑个屁，我这辈子没这么窝囊过。"

"刚才的事你都听见了吧？"

"废话，一清二楚。"

"那你接下来打算怎么跟徐锐说？"

"怎么说呢？我本来就没什么想法，现在更不会接受了。闻太师竟然也会活得那么卑微，女人真是可怜。"

吴微在床底躲这一阵子浑身酸疼，精疲力竭，不想再跟我说本来打算说的事。我问吴微今晚怎么办，吴微让我拿件T恤和短裤给她，身上这衣服不要了。洗完澡后吴微穿着我的衣服出来，躺到床上。我洗漱完之后躺到沙发上，夜已经深了。吴微跟我说了声晚安，关上灯以后，又用近似说梦呓的腔调说："何一，接下来，我们俩的关系就不会这么奇怪了。"

十四

在我本命年的今年里，发生了几件我从未料到的事。凡凡跟我说过一句话，人生对她来说，大半是痛苦的，因为世界上没有完全的坏人。就好比我，明明让她一次又一次失望，她却还是能发现我的优点。

吴微算是人生意料之外的插曲。当吴微把我带到她的别墅，备好日料和红酒的时候，着实把我吓得不轻。

那一天，吴微让我去她的别墅吃午饭，并安排保姆提前准备好红酒和料理。我们坐在别墅负一楼的茶厅，吴微先跟我干了半瓶红酒，趁着酒精上头，一定要让我听完她说的话。

"何一，如果我不会给你造成任何经济负担，并且还能给你的生活带来轻松和快乐，你愿意和我结婚吗？"

我瞪大眼睛看着吴微，许久，回答一句："你……想干什么?"

吴微平淡地笑笑:"其实我现在属于隐婚状态,另一半在河北。之所以来到这个城市,是因为想逃离以前的生活。我跟他已经商量好了,只要我能找到适合结婚的人,他就答应跟我办理手续。"

"你为什么认为我们俩就一定合适?"

"我通过这些时间跟你的相处,觉得你很不错。"

我很认真地说:"我们俩是有很多共同的价值观,就算你喝了酒在我那过夜,我也觉得是你的性格使然,把我当成朋友。但你现在说的,实在是让我很意外。你怎么能这么轻易跟一个人谈论婚姻?而且我们连情侣都不是。"

吴微点燃一根烟,继续说:"何一,我不会瞒你,我现在跟你提这个要求,是因为我需要尽快结婚,也是为了婷婷。"

"你想给她找一个新爸爸享受父爱?"

"不,是很现实的原因,她马上升学了,现在需要本地户口。本来我准备买下这个房子,但是跟我另一半划分财产前,我没有足够的条件。现在必须彻底跟他划清界限分好财产,我需要找到合适的人,一定要证明我们真的会结婚,他才会同意离婚。"

我不解地看着吴微:"真奇怪,他为什么一定要向你提这样的要求?"

"这也是我想离开他的原因。实话告诉你，只要维系这个婚姻，他会对我很好，可是这个婚我必须离，也必须离开河北，这个世界上有很多人是我们无法理解的。"

我看不透吴微，不知道这个充满艺术气息、风情又洒脱的女人背后有怎么样的故事。

我对吴微说："如果我答应你，你会解决现在面临的棘手问题。但是对我而言太儿戏了，结婚这个事可不是闹着玩的。"

吴微笑着回应："我是为了满足一己之私，哪有不回报的道理？这份私心里，对你的好感只是一个条件，为了报答你帮我解燃眉之急，我会在李丽丽的店投资一笔钱。她的店不大，以前我跟她沟通过，我买百分之四十的股份应该没问题，买下这些股份后，我们俩签署一份协议，你是真正的持有人，我只是替你代持。"

我思索着吴微的话："意思是，你替我买下百分之四十的股份？"

吴微点头："是的，股份实际持有人是你。接下来我会发动我圈子里所有关系来支持这家店，利润我们俩平分，等我回本以后，从此分文不取，股份和股东身份我一并转给你。"

"吴微，你真大方，你是艺术家里了不起的生意人。"

"情感到头了，利益就是唯一的目的。当然，如果你对我没有丝毫的好感，婚后我们可以离，然后我们马上退回去做朋友。"

"男人不会对你没有好感，而你让我见识了从未见识的女人。"

吴微自信地说："还好我有几分姿色，所以我相信我这个条件，是会让人考虑的。我很清楚，现在你心里只有一件事情过不去。"

"什么事情？"

"你可能会觉得自己因为利益而丧失底线，你是个男人，这么做心里有些过不去。"

"当然有。"

"大可不必，因为你有你的优点，有吸引人的地方，才会让我想去这么做。并且，你记住，我们这段关系可以永远不公开，不被任何人知道，甚至我们可以先避免身体接触，就像我在你家住的两晚那么自然，这样你背后不会有流言蜚语。"

"你真是个可怕的人。"我感慨。

"我不觉得。今天是我一生中最真诚的时候，我觉得我很可爱。"

"凡凡如果知道，她会恨死你的。"

"我自己的人生还没有摆脱麻烦，哪里有心情去考虑别人的情绪？不过，说不定我会爱上你。"

万万没想到，已经三十好几的我，听到这句话竟然不由得脸红了。吴微看到以后笑着说："看来，我的真话换来你的回应了。"

我有点不知所措："不不不，我需要考虑。"

"考虑呗，我又没有让你今天就答应我。不过我时间有限，别考虑太久就行。"

说到这，我们开始喝酒，我始终觉得头脑混沌，说着语无伦次的话。等一瓶红酒喝完，我跌跌撞撞走到门口才意识到自己已经被吴微拿捏了一部分，她已经看出我对一份稳定事业的渴求。一个单身中年男人唯剩此心了。

在我打车离开前，吴微把脸凑到车窗边，媚笑着对我说："放轻松点，可以不必去想这是一段婚姻，我们只不过是合作而已，目的是为了双赢。想好了告诉我，我这边友谊的小床已经给你铺好了。"

回到家后，我整晚失眠。设想一下，一个混迹江湖的离异大龄男人，忽然有美人愿意投怀送抱，又能得到自己日思夜想的利益，换谁不会动摇？我现在唯一的心病是凡凡，这个对我多年未变的女人，已经因我赌气走错一次婚姻，我忐忑不定，不想再辜负她。临近天亮我才睡着，醒来已是艳阳高照，仿佛人生重启。

此刻，我还是挂念着凡凡，这个女人对我没有私心，只希望我跟她一起过日子，每天家长里短粗茶淡饭，确实是最真实的生活。我看着吴微的微信，想着凡凡的面孔，将最后一丝迟疑抹掉，给吴微的微信发过去一个字：可。

吴微回了一个羞涩的表情，后面又回一句：何一夫君，谢您仗义。

李丽丽下午给我打来电话，让我去一趟诊所。我到了以后李丽丽就告诉我，吴微可能会回河北处理一些家事，然后回来买店里的股份，并且一定要我来参与管理。李丽丽好奇地问我跟吴微谈了些什么，为什么她这么信任我。我还没想好如何回答，于是瞎编一句："可能她觉得我骗人的功夫不错吧。"

李丽丽说："吴微有个要求，就是不能再搞我们现在这一套东西了，还是得实打实做事情，她怕以后出问题。"

我回答："还是看着来吧，安全第一，但是该做的还得做，不然她什么时候才能回本？"

李丽丽不明白吴微为什么要投资一个跟她完全不相干的行业，难道艺术行业现在也如此不景气，艺术家都出来找活路了？我说有可能吴微就是有闲钱，她这性格就是那样，腰有十文钱必振衣作响。李丽丽说并不是，吴微虽然有实力，但从不炫富。

凡凡打电话来约我下班见面，我开始紧张起来，找借口说晚上要跟产品商谈合作，凡凡让我少喝点，就挂了电话。李丽丽在旁边听见，问我到底什么时候接受凡凡，凡凡太辛苦，觉得我该拿出一点态度了。我低头不语，李丽丽见我表情奇怪，问我是不是根本没想跟凡凡在一起。我说我纠结好多次，最终都没有说服自己。李丽丽让我跟凡凡讲清楚，如果真不愿意，就让她彻底死心，即便二人永不来往，也比让她一直活在等待里强。

下班时间，老莫来接李丽丽吃晚饭，要我一起去，我说晚上约了人。李丽丽眯着眼睛看着我："走吧，一起吃饭，你刚才跟凡凡打电话我都听见了，我看得出来，你就是不想见她。"

李丽丽想吃火锅，把我们带到一个居民楼里的火锅店，说这火锅店虽然小，味道却很独特。我心不在焉地吃着火锅，内心像油锅一样翻滚，想着我跟吴微的事一旦被捅破，周围这群朋友差不多也分崩离析了。人生难得处这几个朋友，却也开始相互玩起心眼。徐锐要我保密，让我别招惹吴微，吴微却招惹了我，我还要瞒着凡凡和李丽丽，而老莫跟李丽丽现在也亲密无间，让我无法说出口。

老莫和李丽丽都看出我心烦意乱，老莫让我别藏着掖着，有什么事赶快说出来，我说没有，两人都让我别装，肯定是有事。为了摆脱嫌疑，我脑海里迅速编了个故事，告诉两人，徐锐一直在追求吴微，而吴微希望通过我来拒绝徐锐，闻太师又想从我这里知道徐锐有没有新欢，若是有，自己可以接受离婚。三个人在我家是如何赶巧碰到了一起，然后狼狈藏匿。李丽丽和老莫听得兴奋异常，责怪我没有第一时间告诉他们。我叮嘱两人千万不能说漏嘴，否则我三边都不是人，要是说漏，友情肯定到此为止。两人边品味故事情节，边答应着一定不说出去。

李丽丽突然说了一句："吴微虽然是我的闺密，可我觉得她有的时候很奇怪，我说不上来是什么具体的事，总感觉我们之间有些隔阂。我跟凡凡能相互走到对方心里去，吴微就不行，也不知道是不是艺术家都这样。"

老莫附和道："我也有这种感觉。前几次接触，我对吴微很欣赏，但是多喝几次酒，也觉得她身上有一种说不上来的气质，不知道她是不是有不为人知的另外一面。"

两人说完又问我的看法，我想到吴微可能不久后就会成为我的另一半，坚定地说吴微没有任何问题，这样的女人很好，就算有不为人知的另一面，可能也是生活所迫，吴微的内心是善良的，带着女儿一个人在这里生活也不容易。

李丽丽想了想，对老莫说，吴微说不定真对我有好感，不然为什么会大晚上去找那里请我帮忙拒绝徐锐，老莫说有道理。我急忙否认，解释因为只有我这最方便，毕竟我跟大家住得都近，我是又独居，闻太师不也因为这个大晚上找我来了？老莫听了也觉得有道理。李丽丽又说了一句："你要是选择，真得选择凡凡，千万别喜欢吴微这样的人。"

"怎么，我不配？"

"不，我觉得她的人生自己过会很精彩，跟任何人在一起，都会拖累对方。"

"天哪，你怎么对你闺密是这么个评价？"我看着李丽丽。

"不信你就去试试呗。"李丽丽说完又往嘴里送了一片毛肚。

晚上回到家，我躺在沙发上，还是不想到床上睡。我对吴微的承诺让自己陷入迷茫和焦虑中。不知道如果真跟吴微结婚了，会发生什么事。至少有一点可以肯定，吴微不会害我，因为我实在没有让这个女人可以图谋的东西。最后我说服自己这个选择没错，想到很多人为利益坑蒙拐骗，而我只是为利益结一次婚。生活如此荒诞，我这又算什么？

我打个哈欠正准备放下手机，凡凡突然给我发来一个软件，说想看看我老了以后什么样子，我下载并开启后，手机屏幕里出现一张我老去以后的脸。五官虽未变，但已满脸皱纹，头发花白，我发现自己眼里完全空洞无神，像一个孤独的老人，无亲无友，在人生最后的时间里苟延残喘。望着自己老去的模样，忍不住流下了多年未流过的眼泪。我终于能够直面自我，承认自己虚伪，没有原则底线地爱慕财富，我想再看看年少的自己，却没有这个勇气，害怕再一次流泪。想起医学院毕业的那日，我将一段经常背诵的文字留在宿舍墙上，背起行李离开。时至今日，再回忆起来，生活已经面目全非：

待我了无牵挂，一生四海为家。
望望天山雪莲，走走大漠黄沙。
泰山之巅痛饮，西湖之畔浣纱。
策马蒙古草原，轻舞云黔苗家。
见惯峰回路转，歇脚大理三塔。
走过青石小巷，相遇人面桃花。
此生心愿已足，生老病死由它。

十五

这段时间我刻意疏远了凡凡,每次发信息都是几句话敷衍了事。凡凡约我见面我都推说有应酬拒绝,其实是跟吴微在一起。

吴微计划月末就去河北,和另一半见面,让他确信自己是真找到了要结婚的人,然后两人去办理离婚手续,回来我跟吴微拿证,拿完证他们再回去分房产。我忍不住又问吴微:"既然你先生愿意跟你分开,怎么总在意你必须要真的找到合适的人呢?"吴微说:"不知道,他的思想就是很奇怪,结婚多年也没有摸透他的脾性,叮嘱我在他面前,一定要表现得非常在乎自己,让他相信我们是真爱。"

我对凡凡谎称要去外地谈一个合作,凡凡让我在外地少喝酒、早休息。在飞机上,吴微坐我身边心神不宁,我同样局促不安,不知道这一趟旅程是何种结果,心里也对这个男人充满好奇。吴微像是在缓解自己的不安，尽量找话题跟我聊天，结果越聊越尴尬。最后吴微说了一句："等回来我们领证后，我马上给李丽丽签合同打款，我们就签协议。"

我点点头。

"我现在身边的资源你可能想不到有多好，可以让这个店的业绩提升很多，并且可以长期维持。"

我问："那为什么之前不帮李丽丽引入你的资源？"

"因为我身边的人都非常重要，我害怕出了什么问题影响到我跟他们的关系。除了身边朋友和合作伙伴，还有很多女学生。如果是我的医美店，性质就不一样了，她们消费能力很强，知道是我的产业会更放心消费，到时候李丽丽的店必须扩大改建，要走绝对高端的经营路线。这一点我很自信，钱会很快回来的。"

"我相信你，你肯定有这样的能力。"

"所以，你帮我这件事看似荒唐，但结果一定是值得。"

我没有正面回应吴微的话，只是问了她一句：

"吴微，因为你的条件，我答应了你的要求，我这样的男人，挺无耻对吧？"

吴微摇摇头："千万别这么说，你一点不无耻。你并没有向我索取，我是自愿的。就算是一种交换，那也是建立在我们相互感觉不错的基础上，成年人本来就没有纯粹的感情，我们俩已经算很正常的关系了。"

"谢谢你安慰我。"

"谢谢你接受我。"

我跟吴微都睡着了,飞机落地那一刻才醒来。晚上吴微带我去了一家特色饭馆,品尝河北名菜,不知道是旅途劳顿还是内心烦躁的原因,几道菜让我几乎无法下咽。吴微问我是不是吃不惯,我说没有胃口,吴微也没吃几口。当天我们没有去吴微家,而是住在一家酒店里。吴微订了一个双床房,我们洗漱完后在各自的床上躺着,都很疲惫却又无法入睡。我心里隐隐觉得这件事背后有我不知道的隐秘原因,吴微肯定隐藏了些什么。倘若事情真那么简单,吴微不会把这段婚姻拖上好几年。

第二天,吴微跟那男人约好了晚上面谈,电话里对方温和地说晚上一定好好聊聊。白天吴微带我去看了城市里的几处景点,每一处都有一段不为人知的历史,但这些历史枯燥得完全没有让人想记住的欲望。

晚上那个男人在家附近的一个餐厅订了桌,我跟吴微走进餐厅,看见他在一张桌前独自坐着,不胖不瘦、不高不矮,见到我跟吴微走来,面无表情。吴微像面对一个同事一样打招呼:"你来多久了?"

男人说:"不久。"

吴微介绍我:"这是何一,我跟你说过了。"

男人温和礼貌地说:"你好,她跟我说过你。"表情依然没有丝毫变化。

我微笑回应:"你好,吴微也跟我说过你。"

男人机械地问:"她说过我什么?"

"说你希望她过得好。"

男人点了点头:"你确定你能让她过得好吗?"

"生活的事谁能确定呢?我只能尽力。"

男人说:"我不想她受到伤害,因为跟我在一起,她并不快乐。作为一个男人,我只能选择不去拖累她的人生,我已经尽力了,其实我非常爱她。"

我点点头:"我也不会去拖累别人的生活,现在我也尽力对她好,如果有一天她觉得不需要我了,我会很自觉地离开的。"

"如果是这样,我挺放心的。能告诉我你做什么工作吗?"

"医疗。"

"你是医生?"

"不是,跟朋友一起开个小医院。"

"那你应该没有吴微的条件好。"

"没比较过,可能没有吧。"

"既然这样,你如何保证能给予她幸福呢?"

"两个人在一起,经济不是最重要的吧?"

"反正,我也不能完全相信你。"

我们俩生硬地对话,像两个机器人。吴微小心翼翼地打圆场:"要不先别聊了,我们吃点菜吧?"

男人暂停了跟我的针锋相对,说:"吃点吧。"

这顿饭比昨天的特色菜还难吃,眼前这个男人让我食欲全无,吃进去的东西都好像有一种苦涩的味道,我象征性地吃了几口就放下了筷子。男人问:"这里的东西不好吃吗?"

我摇摇头说:"我不饿,晚上一向吃得少。"

男人第一次露出了微笑:"男人不能吃,身体弱,那女人更没安全感了。"

在难以理解的微笑里,我读不懂他的话到底是无聊的玩笑还是刻意的揶揄。我没有回答,看了看吴微,吴微也在努力装成正常的样子喝汤。

晚上吴微跟男人回家住,男人说已经把另外一间卧室整理打扫了,也主动给我订了宾馆,开车把我送到宾馆门口,转头对我说:"你早点休息,我跟吴微先回去了,我们还需要再谈谈。"

我点点头:"谢谢你的招待。"

男人回:"不用客气。"

下车以后，车快速离开，我提着旅行箱走进了新的房间。进入房间后我冲了个澡无力地躺下，窗户正对一家医院的楼顶，楼顶字体灯箱的红色灯光直射床头，我懒得起身去关窗户，眯着眼睛看着窗户外，感觉自己像个正待治疗的病人。无论屋内还是屋外，空气中弥漫着看不见的浑浊，让我呼吸变得困难，我更加厌烦这个城市，今天这男人的表现也让我极不舒适。我有些后悔答应吴微的要求，心里问自己怎么会变成一个如此没有底线的人。这时我忍不住想起了凡凡，她像一片净土，待我回归，我却逃离。我不断翻看着凡凡白天给我发的信息，问我在外谈事是否顺利，有没有按时吃饭，让我晚上好好休息。我仍旧敷衍着，如果凡凡得知我跟吴微的事，不知道会是怎么样的结果。

我迷迷糊糊快睡着的时候，吴微给我发来一条信息：明天等我过去找你，不要主动联系我。

这条信息让我反感，不知道这句话藏着吴微多少不为人知的事。我浅浅地睡了一晚，第二天醒来，感觉像失眠一样不舒服。醒来看到凡凡问我睡得好不好，我无力地回了一句很好，觉得胸口有一团霾。凡凡让我回去告诉她一声，给我提前炖汤。我鼻子一酸，产生了深深的负罪感。在床上磨叽到中午，吴微发来信息说她已经到了酒店楼下。我下楼后，吴微开车带我去城市另一边的一个景点——小山上的一个少林寺。我好奇地问少林寺在河南，怎么跑河北来了？吴微说河北的这个少林虽然不出名，地方也不大，但里面可都是真正热爱中国武术文化的僧人。明天就走了，今天抓紧时间来看看。

我们一路来到山脚下，坐上观光车一会儿就到了少林寺门口，一个僧人在门口扫着落叶，见我们来礼貌地点点头。我们走进去逛了一会儿，感觉索然无味。吴微在一棵古树前把我叫住，说："合个影吧，咱们俩还没有拍过照片呢。"

我跟吴微站在古树下，拍了一张不自然的照片，吴微搂住我的胳膊，拿着手机乱拍了几张，随手发了朋友圈，屏蔽了所有认识我们的人。我问吴微事情谈得怎么样，吴微一脸轻松地看着我说："终于要结束了，这段婚姻太沉重了。下个月3号是我们的结婚纪念日，说好了那天我回来办离婚，然后他会跟我一起回去，看着我们拿结婚证，证一拿到我就跟他彻底没有关系了。"

我皱了皱眉问："吴微，有一件事我弄不懂。"

"我知道，知道你想问什么，你还是弄不明白，为什么我一定要心甘情愿被他监视着，让他守着我，跟一个人领证才能彻底离开。你觉得很别扭，正常人离婚都是因为没感情了，不用等到下一个出现。"

我点点头。

"何一，我觉得有时候我也不正常，因为我觉得他的行为可以理解。但是有时候又觉得自己没有那么不正常，这样的方式让我也觉得别扭。我已经是快四十岁的人了，早就应该活出自我了，但是没办法，任何人活着都会被束缚。我一开始就答应了他的要求，现在马上就能从束缚里挣脱出来了。"

"我之前觉得是在帮你忙，后来觉得是利益绑定，到今天，才觉得自己真正像一个工具。"

"不好吗？我对你有感情，我们俩有共同利益，除了心理上别扭点，等事儿一结束就只剩下轻松和期待了。"

"说实话，我不敢保证以后跟你能走下去，我觉得对你还不够了解。"

"只要你帮我解决了我这个大问题，咱们随时可以分开，别有半点压力，我清楚这件事的本质并不是因为我们俩有爱情。"

我笑笑："行，没想到我能遇到这样的事，我都活成什么样子了？"

吴微也笑："你也不会想到一个女人能活成这样，遇到了，你就经历，谢谢你跟我共同面对这些事情。"

我和吴微聊了心里话，然后在一个浅浅的水池边上喂鱼，我边喂边想着早点离开这里，忽然我感觉身后有人用力抓我的衣服,我转头还没看清是谁,对方用力一推,我没站稳栽倒在水池里。吴微惊叫了一声,我定睛一看,那男人站在面前,用凶狠的目光盯着我,随后看着吴微,抓住吴微的肩膀大喊:"你为什么这么对我?我什么都愿意给你,你为什么还要离开我?!你说!"

吴微被这突发情况吓得说不出话来,我从水池里爬起来,男人又一拳向我打来,我伸手挡住,吴微急忙站到我们中间。男人一把推开吴微大声咆哮,我跟男人扭打在了一起,吴微被男人推倒在地,又赶紧站起来挡在我们中间,一群僧人匆忙从各个角落跑出来,有的和尚手里还拿着练功用的木棍。男人被我一脚踢开,想抢一个僧人手里的武器,僧人一个箭步闪到一边,顺手挥舞了一下木棍,摆了一个武术姿势。男人又去抢另外一个人手里的武器,那僧人也熟练地躲闪,同样将木棍旋转挥舞几圈,跳到了一边。男人见这些僧人都是高手,拿不到趁手武器,转头又向我冲过来。我指着男人的脸喊:"你再来试试!"

吴微拼命冲到男人面前,连拖带拽把男人拉走。一个僧人挡在我面前,用强有力的手拉住我说:"佛门圣地,竟敢动武!你们好大的胆子!"

我浑身湿透,看着僧人愤怒地说:"没看到是这家伙先把我推到水池里的吗?!"

僧人回道："你们两位施主,身上都有孽障,快平心静气,切勿在净地捣乱!"

我怒骂起来："我在这待半天了你看我捣乱了吗?这孙子一来就动手,你们没长眼睛吗?"

僧人皱了皱眉："哎呀,他都被那女的拉走了,你们再打我们只能报警了,你还手了就是互殴,都要受罚的。"

我看男人还在挣扎,吴微用力把男人拉到了门外。我狼狈地看着自己全湿的衣裤,一个僧人拿了一条毛巾过来让我擦擦脸。我问众人："这人在你们这扰乱治安,你们个个有武功,就不知道教训一下他?"

大家你看看我、我看看你,其中一个僧人说："习武之人不能欺负一个手无寸铁的弱者。"

我全身发冷,只好无奈地问："你们有多的衣服吗?"

我穿着僧人送的布衣由两个人护送着下山。来到山下,吴微已经把车开走,我不知道两人现在到底在干什么,等了半天好不容易看到一辆大巴,上车前,送我下山的两个僧人跟我行礼致意。我上车后,一些游客好奇地看着我的打扮,其中一个大哥不解地问我："您这是还俗了吗?为什么留这么长头发?"

我看也不看那大哥,冷冷地回："我是俗家弟子。"

大哥恍然大悟,又问："那您为啥穿这一身衣服?"

我仍然冷冷地回:"因为身体出家了,心还在俗世里。"

大哥点点头:"懂了,那下一步您是不是就该剃度了?"

我转过脸看着大哥说:"下一步可能我要去给人超度。"

大巴开回市中心,我来到酒店大堂,前台服务员们纷纷看着我,我快步走进电梯来到房间门口,发现卡已失效,只能硬着头皮又来到前台,服务员对我客气了很多,将房卡激活后恭敬地递给我,礼貌地说:"昨天不知道您是师父,祝您入住愉快。"

我阴沉着脸点点头回了一句:"谢谢,佛祖保佑你,能帮我把湿衣服洗了烘干吗?"

我洗完澡赤身裸体躺在房间床上,心想这一天发生的都是什么破事。晚上服务员把干净的衣裤送来了,我穿上后下楼准备去吃点东西,刚出酒店的门就撞见了匆忙赶来的吴微。吴微见我急忙给我道歉,说让我受委屈了,我没有理会吴微自顾自地向前走,吴微跟着我解释:"何一,我一直不想告诉你,因为我也觉得丢人,他是不太正常,有精神分裂症。我真的没想到今天他发作了,请你多包涵。"

我停下脚步看着吴微:"有病就去治,你干吗不带他去医院?"

说完我继续向前走,吴微小跑着追着我解释。

"有这病的人谁会觉得自己不正常?平时他对我很好,

可是一旦犯病就会做出让我很害怕的事来。所以我也想回归正常人的生活，才找借口跑到另外一个城市，可是拖着不离婚始终不是办法。"

"我知道了，你要摆脱一个疯子，就不惜付出代价去换你的自由。"

"是啊，他开出的条件是我得跟一个真正爱的人结婚，他才会同意离婚。"

"那他今天怎么发疯？"

"他不相信我和你是真爱，他说前天晚上吃饭，你从来都没有像看爱人一样看过我。我在那边待这么久，从来没提起过你，你突然出现，他觉得我在骗他，你也在骗他。"

"他现在到底想怎么样？"

"他现在觉得要失去我了，心里还是承受不了，可能是今天我那个朋友圈刺激了他。"

我叹了口气："你就说吧，现在我要怎么配合你？"

"我刚才回去已经安抚好了他，他又让我陪他几天，你先回去，他需要消化一下，对于今天的事他也有些后悔，让我晚上来陪你，但不许我们发生任何事。下个月3号一定会跟我和平离婚。"

我看着一脸忧愁的吴微，苦笑起来："吴微，以后你不会也变成一个精神分裂症患者吧？"

"我当然不会,我是正常的人。"

"行吧,明天我早点走,这地方我一分钟都不想待了。"

晚上我跟吴微睡到一张床上,吴微轻轻抱着我,很小心地说:"对不起。"

我没理会吴微,心里一直想着白天打架的场景,我转身背对吴微,吴微也没有再说话。我睡得很浅,吴微的手机不时地振动,我感觉吴微彻夜未眠。

十六

吴微把我送到机场就匆忙离开了。走之前吴微问我会不会反悔，我反问吴微是不是怕我反悔以后她摆脱不了现在的生活，吴微点点头，但随后又摇摇头。

"不止这个原因，我觉得跟你待一块儿心里很踏实，说实话，我真想尝试一下跟你能不能走下去。摆脱一段阴暗的日子，如果能马上开始一段新的生活，是老天对我的赏赐，这段时间我真的对你动了一点感情了。"

我看着吴微的脸，小声回了一句："我答应了你，会保证帮你到婚姻结束。"

候机厅里，吴微发信息让我到了报平安，自己随后就回来。刚回完吴微的信息，凡凡就发来微信问我什么时候回，说要到机场接我，我推托不过，心想还好是自己一个人，不然真不知该如何解释。我因为要隐瞒行程，于是在附近的登机口找了一个跟我差不多时间落地的航班发了过去。

  落地以后凡凡准时到了出站口，见我走出来，高兴地跟我挥手。我坐上车以后疲倦地闭上眼睛，凡凡见我不出声，有点不悦地嘟囔：

"回来了见到我都不愿意多看我几眼。"

"不是，我这几天在外地都没睡好。"

"我知道，看出来了，我只是以为你看到我会开心一点。"

  我忍不住拉过凡凡抱了一下，这突如其来的举动让凡凡愣住了。我挤出了笑容，问凡凡她女儿在哪里。凡凡说送到爷爷奶奶那去了，这样她才有时间来接我。

  回到凡凡家，几天没认真吃饭的我一会儿就扒完了一碗米饭，凡凡在旁边不停地提醒："慢慢吃，慢点，别噎着了。"

  我看着凡凡担心我的样子，边吃饭边暗骂自己不是人。吃完饭，凡凡收拾完碗筷后又给我泡了茶，我不敢正眼看凡凡，低声说别麻烦了，我马上就回家。凡凡一瞪眼："回去什么回去，你累成这样了，洗了澡就在这里睡，床都给你铺好了！老老实实待着，晚上还有话跟你说！"

  怀着忐忑的心情，我洗了澡躺在凡凡家次卧床上。凡凡也洗了澡香气喷喷走进来，身上穿着一套白色睡裙。我看着凡凡发呆，凡凡笑着说我是个流氓，怎么这么看着她。我吞吞吞吐吐地说:"凡凡,我好像从来没真心夸过你,你真的很好看,我对你太差了。"

凡凡甜蜜地看着我:"哟,怎么去了一趟外地,回来嘴就变甜了?"

"因为我一直不敢承认自己很差劲。"

凡凡坐下,拉着我的手:"我从来没想给你压力,特别是你跟邱婷分开以后,我不能逼着你马上走进我的生活,你在改变,也在适应,只是我希望等你的心彻底定下来,我们的生活就不要再有什么波折,安安稳稳过日子我就满足了。"

我没有正面回应凡凡的话,凡凡对我笑笑,继续说:

"何一,我想好了,等你心态平稳了,就别去跟李丽丽做那些事儿了,迟早要出事的。我们正大光明宣布在一起,医院的股份我还给你,我只拿一份工资,你来当一家之主,你好好对女儿,我以后以家庭为重,再要个咱们自己的孩子。"

凡凡说的每一个字都像一把软刀子,让我感动却割在我的心上。我傻傻地盯着凡凡,说不出一句话。凡凡捧起我的脸:"你出差回来怎么变傻了?说句话啊。"

我点点头。

"我让你说句话。"

"你对我真好,是最好的。"

"这还用说？告诉你吧，有时候我都不知道为什么，但是就中了邪了。你今天累了，老老实实躺着吧，我本来想今天打破我的底线，好好折磨你一晚上，但是想着都忍了这么多年，还是等一个圆满的结局吧。"

凡凡说完轻轻吻了一下我的脸，我还是目不转睛地盯着她，看她走到门口关上了灯，温柔地对我说："晚安。"

三天以后吴微回来了。不知道是不是因为担心我变卦，所以落地以后让李丽丽来接她，晚上把我和老莫还有徐锐都叫上一起吃饭，当着大家的面谈入股的事。吃饭时我话很少，徐锐一直殷勤地给吴微夹菜，说这一顿饭他来请，就当给吴微接风。吴微礼貌地对徐锐笑笑，说这顿饭是自己想大家了，谁也不要跟她抢，回北方以后每天都不开心，一直想早点回来，还特地补了一句："我才发现对北方没感情，我的感情现在都留在咱们这里了。"

这句话明显是说给我听的，吴微端起酒杯问我："何一，你今天怎么这么沉默？"

我报以微笑，也举起酒杯看着吴微："欢迎回来。"

吃完饭以后，徐锐坚持要送吴微回去，吴微推托不过，徐锐叫来代驾司机。他们走后，老莫准备送李丽丽回家，我问李丽丽是不是真打算接受吴微入股，李丽丽一愣，说是，吴微的人脉资源足以把这个店做大做强，何况还要投入一笔资金，到现在她也没想明白吴微为什么要做这个决定。老莫问我今天晚上为何寡言少语，我摇摇头，不知道怎么回答。

不出我所料，我到家不久，吴微就打电话来，说要马上过来。进门后吴微迫不及待抱住我，把头靠在我的肩膀上深呼吸。我面无表情地看着吴微，吴微抬头凝视着我说：

"何一，每一分钟我都恨不得回到你身边。"

我点点头，仍旧没说话。

"你是后悔了吧？"吴微不安地问。

"没有后悔，这是我自愿选择的。但是我感觉，你已经把我当成以后真正要在一起生活的人了。"

"你不愿意我去计划我们的未来吗？"

"因为你一开始就跟我谈利益条件，既然利益是条件，感情就不重要，我们现在要做的事，跟两个人真正在一起完全是两码事。"

"我知道，可经过这么一次，我越来越想真正跟你在一起了。"

"可是你让我感到不安。"我说。

"咱们就先不说这个了，下个月3号我就彻底解脱了，然后我们有大把的时间来沟通我们俩到底怎么相处。"

"好吧，我会配合你把戏演完。"

"刚才徐锐把我送到家门口，又跟我表白了，重申他已经做好了准备，想跟我尝试新的人生。"

"你没告诉他那天闻太师来这，你就在床底下吧？"

"当然没有，我又不傻。"

"徐锐对你是认真的。"

吴微一笑："可我对你动心了。"

"吴微，我想说句心里话。"

"你讲。"

"我承认我过得很失败，到现在也没有活得让自己有安全感。但现在我更觉得利令智昏了，这件事过去以后我们不管是什么关系，都不会像以前那么纯粹了。"

吴微靠近我，把脸贴在我身上："利益也好，感情也好，我都愿意付出，还要我说得多明白？我已经动感情了。"

吴微把柜子里的红酒打开，这瓶酒是我跟邱婷分开那次聚会徐锐送我的，让我等到下一段感情开始的时候再打开，没想到这瓶酒现在被吴微跟我喝了。生活里有些事永远不知道最好，好比被苍蝇爬过的菜，只要你不知道，照样吃得津津有味，但是知道了可能让你恶心很长一段时间。

吴微第二天要送女儿上学，最后还是回家去了。走之前她告诉我，他俩财产分割也已经谈好，分完后足够把那个小别墅买下来，会留下最大的那个房间给我，开始我们俩的新生活。几句话让我彻底瞧不起自己，在别人眼里邱婷好似包养了我好几年，现在轮到另外一个女人做一样的事。深夜我从破旧的柜子里拿出很多年前用过的画笔，颜料在上面已经凝固。我想起曾经我也跟吴微一样，想成为艺术家，拼命练画画。后来家里让我学医，我将这一份情怀藏好以后，本以为有一天可以再捡起来，却未能如愿。这些沾满颜料的画笔成了一个笑料，让一个艺术家看上了我。此刻我心里想着凡凡，恨不得现在就冲到凡凡面前，坦白一切，然后回到最初的生活轨道上去，我想脱离现在的荒诞，原因很简单，心累了。

李丽丽的店里又来了一批顾客，对我们包装出来的项目深信不疑，并且出手阔绰，净选最高价的药品。其中一个女人从荷尔蒙原液到干细胞甚至私密项目都问了一遍，然后付了几十万，说以后慢慢来消费。顾客太多了，李丽丽忙不过来，让我去帮忙，我心不在焉地给一个女人打针，女人打完针走之前才说是吴微介绍过来的，自己也是个艺术家。女人走后，李丽丽问我到底出了什么事，这段时间感觉我一直魂不守舍。我搪塞过去，李丽丽说下班别走，老莫、徐锐等一会儿要来。

下班时间到了，老莫和徐锐在诊所附近的火锅馆等我们。我和李丽丽一坐下，徐锐就开门见山，希望我们能帮帮忙撮合他跟吴微，闻太师已经明确表示，两人随时可以去办理手续，她只要孩子，财产随便怎么分。老莫和李丽丽支持徐锐选择新的生活，但都觉得吴微跟徐锐完全不搭。

徐锐说："我也没想过会追求一个艺术家，从我出生到上学再到工作，最后结婚生子，所有的路都是走着这一步看着下一步，直到遇到吴微，她让我有了打破生活边界的冲动。"

"你跟吴微谈过吗？"李丽丽问徐锐。

"谈过，吴微觉得她理想的另一半是何一这样的，虽然有点不正经吧，但是带点艺术情调，她怕跟我过日子会很严肃。可是我就是不懂艺术，其他的都能迎合她的生活要求，我不会把工作搬到生活里来。"

李丽丽又问："你怎么就那么喜欢吴微？"

徐锐一笑："你们如果过几十年我这样的人生，也会控制不住想得到一个能改变你生活的人。我已经是中年人了，人生过半，再拖下去真对不起自己了。"

老莫笑起来："没想到律师也可以那么风流。"

徐锐也笑："因为你们过得都比我随性，比我痛快。而我稍逊风骚，所以想努力活出自我。"

大家见我没说一句话，纷纷质问我到底出了什么事，心不在焉、心事重重，完全不正常，一定要我说出来。我只能瞎编，说我现在很纠结，不知道能不能跟凡凡走到一起。李丽丽不信，说我肯定有另外的事瞒着大家。我看了一眼老莫，老莫读懂了我的意思，帮我打圆场，男人当然得有点隐私，没准是把哪个女人给钓起来甩不掉了，现在正被人逼婚呢。我心里一颤，暗骂老莫说得准。徐锐眼珠一转，半开玩笑说："何一，真有这事谁都可以，吴微找你你可不能答应她，她可是我人生的春天。"

我心里又一颤，心想怎么每个人都说到了点子上？急忙解释："吴微是大艺术家，怎么可能看上我？"

徐锐打趣说："凡凡这么优秀、漂亮，还不是迷了你好多年？你这家伙一眼看上去没啥，时间一长竟能吸引各路神仙。"

李丽丽附和说："对对，我也觉得，何一看起来不正经，相处起来还真给人挺好的感觉。吴微以前还真的跟我开玩笑说过，要是想放纵，就从身边的人下手，第一个人选就是何一。"

我心里第三次发颤，差点把酒喷出来，怀疑面前这三人是不是已经知道了所有内幕，联合吴微一起来戏耍我。凡凡发信息问今天为什么没有给她发信息，我拍了一张跟大家喝酒的照片。凡凡抱怨我们总是没完没了地聚会，让我早点回去，顺便跟我说周末女儿又想去动物园，希望我腾出时间一起去。因为我觉得对凡凡有亏欠，于是一口答应下来。

吃完饭，老莫没有跟李丽丽一起走，而是偷偷跟我说要跟我单独聊一下。等李丽丽和徐锐回去后,老莫来到我家,往沙发上一瘫,开门见山地问:"说吧,出了啥事?"

我反问:"你觉得是什么事?"

"你跟吴微有点什么吧?"

我一听顿时精神了:"你为什么会这么说?"

"你出差那几天,吴微也回老家。你们回来前后就差了两三天。吴微回来我们给她接风,她说话表面上是想大家,但我感觉像单独说给谁听的,你那天神情就不自然。今天徐锐说到吴微,你反常得一言不发,分明就是有鬼。"

"你也是个人才,被你说中了。"我老实坦白。

"嘿!"老莫来了兴趣,要我把真相说出来,于是我将整件事的前因后果和盘托出,老莫听得津津有味。我说完之后点燃一支烟,边抽边问老莫:"你是不是觉得我特无耻?"

老莫笑着看着我说:"不能说无耻,只能说奇葩。这事有点意思。吴微看上你,我可以理解,你形象过得去,人也比较温和,可能很对她这种艺术家的胃口。她不会找一个跟她一样的艺术家,也不会找一个像徐锐那样过于理智的人。"

"我觉得现在的情况有点万劫不复了。"我心虚地说。

"那不至于,就看你怎么想了。跟吴微在一起肯定会有更多激情,但是跟凡凡在一起,她会照顾你多一些。"

"现在问题不是这个,而是这个事我一开始就不该答应吴微。"

"答应了又怎么样？"

"我之前是替她圆谎，没想到现在她想真结婚了。"

"这你也信？她可不是个简单的女人，人家见的世面比你多。"

"真刀真枪拿结婚证，我怎么敢不信？"

老莫点点头："结婚证这东西，对很多人来说真的比刀枪还锋利。这事到这一步了，你想好选择凡凡还是吴微，两个女人两种人生，不管跟谁在一起，都瞒不住，所有人都会知道的，也包括邱婷。"

"老莫，我觉得自己很下作。其实我也扪心自问过，最后决定答应吴微的原因，真的是她提出来的条件。"

"这没什么，现在结婚的，都把利益放第一。再说这事是吴微自己提的，你只是帮个忙，又没主动伸手要。李丽丽那边我也绝对会给你保密。"

老莫跟我说话一直带着欢乐的笑容，让我心里十分不爽："该死，为什么我没有你这个家庭条件？"

"你也没有我面临的烦恼，我有两个孩子要养，你有两个女人要选，各自有各自的压力吧。"

我又抱怨起了徐锐，非要在这个时候发神经，追什么吴微，给了我莫名的压力。老莫也说徐锐感觉上头，奋不顾身。我说现在我们这个年纪不该有不理智的行为,老莫却不认可,既然徐锐已经理智了半辈子,现在产生的这种冲动,会让身体和心理都格外兴奋。

"人在做自己没做过的事情时,不会太在意这件事的利弊,因为有一种超脱感,可能徐锐这辈子就超脱这么一次。"

老莫说完,我低头补了一句:"我是离过婚的,他是马上要离婚的,我们这类人不管跟谁在一起,都需要些不理智。"

十七

这天,李丽丽突然急着把我叫到诊所里。一个女顾客在办公室坐着,见到我就劈头盖脸一顿骂,说自己花了这么多钱,打个针怎么打成这样。我看了看女顾客的病历单,前几天本来要打卧蚕,我因为脑子里混乱,把本来该跟玻尿酸复配的胶原直接打到了她的泪沟里,剩下的玻尿酸注射了卧蚕,结果皮下组织支撑不住下移,成了眼袋。

我急忙道歉,顺便编了一个理由,说自己觉得她泪沟打了会更显年轻,就分出了一部分胶原蛋白注射,从她面相来判断,泪沟的填补比卧蚕更重要。我埋怨自己好心办坏事,因为不想让她多花钱,所以没有提出来加药。女顾客听了说:"来你们这打针本来就不便宜,我来这里是为了要效果,不是为了省钱的,以后该用什么药你就给我用。"

我跟李丽丽点头,赶紧给女顾客注射了溶解酶,并主动赠送了两支药当作补偿，让她过段时间过来补打。待她走以后，李丽丽给我泡了一杯茶，窝在办公室里跟我谈心：

"何一，我不知道你到底出了什么事情，你的状态真的不对劲。不过你不想说我就不问了。现在吴微的资金快要到位，新客源也不错，我们得谨慎一些。像这个顾客，眼睛不大，下眼睑松弛，其实不该打卧蚕。最近又开始有顾客质疑我们的项目，咱们得收一收，之前挣的亏心钱也不少了。"

我轻轻地回应了一声："嗯，我也觉得是。"

到了周六，我陪着凡凡一起带她女儿去动物园。我买了票开车进去，好几辆车排着队，跟着导游车往前走。走到猛兽区，狮子、老虎围着车转悠，投食车开过来扔下几只鸡，猛兽你争我抢，几只鸡扑腾几下就失去了抵抗力，被现场分食。凡凡女儿兴奋地叫了起来，直呼精彩。等车过了猛兽区，来到食草区，凡凡拿出了水果，梅花鹿主动把头伸进窗户要吃的。凡凡女儿开心地喂着鹿，突然脸色沉下来，说刚才那几只鸡好可怜，明明没做错什么，就这么被吃掉了。凡凡不知道怎么安慰女儿，我随口说："要不下次来我就跳下去，换这些鸡的命怎么样？"

凡凡女儿瞪大眼睛看着我，凡凡嚷嚷："胡说八道些什么你！"

车行区玩完，我们来到步行区。凡凡女儿在猩猩馆对着一只躺着晒太阳的大猩猩发呆，我问她怎么了，她对我和凡凡说猩猩其实比人要聪明。我们问为什么，凡凡女儿说：

"因为它懂得适可而止，进化到这一步就停下来了，知道自己再进化就得上学和工作，要去承担责任了。"

我和凡凡相互看了一眼，一起对小女孩伸出大拇指。

从动物园出来以后，我们去了麦当劳吃汉堡。凡凡见我忧心忡忡的样子，对我说："你最近有点奇怪呢。"

"我没有啊。"

"感觉你灵魂出窍了。"

女儿在一旁打趣说："你跟我妈妈在一起时就不要想其他事，要认真。"

我笑起来，摸着她的头："我不是一直在很认真地陪你玩吗？"

小姑娘一噘嘴，往嘴里塞了一根薯条，边嚼边说："陪我玩可以不用心，用时间就行。我妈妈对你的要求比我高，你得聚精会神。"

凡凡笑起来："你这孩子怎么这么早熟？"

我问小姑娘："那你觉得我聚精会神了吗？"

"我觉得没有，你像在完成任务。这样不行，我妈妈陪我是她在乎我，你对我妈妈也要像这样的。"

凡凡拍了一下女儿的头："闭嘴吧你，赶紧吃！吃完回家！"

凡凡女儿的话让我心虚，顿时觉得周围每个人都在给我压力，我就像那只鸡一样被一群猛兽围住。吴微是豺狼，深夜出其不意地向我扑来。徐锐是灰熊，看似沉闷，若得知真相，随时能一个巴掌让我晕头转向。李丽丽是老虎，个性独立，知道真相后不知道会怎样撕咬我。凡凡就是狮子，现在旁边还跟了一头小狮子在学捕食。

把她们俩送到家以后，我迫不及待来找老莫，像窒息一样诉说我现在内心的烦恼。老莫陪我喝着酒，让我不要惊慌，事情可以一步步来，现在最不稳定的因素就是吴微，只要把她的事情处理好，我就万事大吉，以后跟凡凡好好过日子，跟李丽丽好好挣钱，人生从此顺风顺水。我也期待这样，可还是隐隐有一种不祥的预感。

老莫说："说实话，我看不透吴微，她要是真成了你老婆，肯定也不愿意跟你分开，不如你们俩就此消失吧，反正不愁吃穿。再说了，你失去的只是凡凡，或者徐锐，李丽丽跟吴微有了利益关系，不至于跟你闹僵，咱们这还有残缺的友情。"

"你以前不是说想要投资李丽丽的诊所？现在还有这打算吗？"我问。

"你们现在还需要我吗？吴微一进来，你们几个足够了，本来李丽丽对我也很随意，等事业做大说不定对我就没啥兴趣了。你加油吧。"

这段时间我跟吴微和凡凡都保持着若即若离的关系。凡凡医院工作繁忙，整外手术和无创针剂排了很多，没有空闲时间，顶多是在下班后给我发发信息。而吴微总想约我见面，我都推辞说顾客太多，忙不过来。李丽丽看我总不在状态，让我给她复配药品，由她来注射，考虑到吴微马上要入股，药品也都尽量用正品，免生意外。

吴微打了十万元定金到李丽丽账户上，并拟好了协议。李丽丽跟吴微梳理协议内容的时候我也在场。两人谈得很愉快，吴微时不时对我笑笑，让我感到浑身不自在。签完协议的当天晚上，吴微让我到她的别墅去。在别墅的书房里，吴微拿出了另外一份协议要我签字。我看了看协议的内容，之前跟吴微约定好的每一个细节都清晰明了。

"签字吧。"吴微笑着对我说，然后打开了一瓶红酒。我对着协议发愣，迟迟没动笔。

"怎么了，之前不都说好的吗？我这么主动就是让你看到我的诚意。"

"吴微，我越来越觉得别扭。"

"别扭什么呀？一份协议，一份感情，两个东西都摆在你面前，你是人生赢家啊。"

"要不缓缓吧,等你的事彻底解决了,我心态放平了再签。"

"不行,现在就得签,这是个商业合作,你签了以后,我投的钱才有回本的保证。走到今天,这个协议跟我们俩结婚的事已经各是各了,听话,签了我们喝酒。"

我举起沉重的胳膊签了字。吴微把协议放进书桌最下层的抽屉里,另外一份装进文件袋给了我让我收好:"何总,早点搬出你的小屋子吧,我相信我们以后会好的,干杯。"

我跟吴微碰杯喝酒,叹口气对吴微说:"你别介意,我最近心里不是滋味,你知道我在想什么吗?"

吴微平静地回答:"知道啊,你觉得对不起凡凡。"

"是的。"

吴微用开导的语气说:"你对凡凡更多的是内疚,并不是爱情。你想想,要是凡凡一开始就只把你当朋友,没有那么多男女之情,你会这样吗?所以,你大可不必觉得对不起她,如果你心里深爱她,跟邱婷离婚的时候,你就会用那把钥匙开她家里的门了。"

"道理是这样,但我还是辜负了她。"

"这话应该反过来说,虽然你辜负了她,但道理不是这个道理。我对你有好感,我开出了条件,你自愿接受,我又跟你谈感情,从头到尾都没有给你施加压力。我们结婚的目的是帮我解脱上一段婚姻，可我们能不能继续走下去全凭运气，你要是有半点不愿意，我把财产一分好，我们可以马上离，咱们还是朋友。"

"行吧，不用多说了，事情到这一步，就只能这么办了。"

"你真的对我一点好感都没有？"吴微挑衅地问。

我不知该如何作答，吴微也不再追问，笑着把自己杯子里的红酒喝干。

第二个月月初吴微回了一趟河北，跟那男人领了离婚证，财产分配的协议男人却没有马上签字，说等亲眼看到吴微跟我拿了结婚证才签。吴微回来以后，在一家私房菜馆订了包房，请了她的几个艺术家朋友和我们这一群人吃饭，唯独没有叫凡凡。我责怪吴微不该太高调，吴微不以为然，说这是自己人生迈入新阶段的时候，实在控制不住，想庆祝一下。一晚上觥筹交错，几个艺术家纷纷对吴微表示祝贺，对吴微即将真正留在这个城市表示祝贺。徐锐一直美滋滋地看着吴微，跟吴微碰杯。李丽丽也人来疯一样表现得很兴奋，说吴微摆脱了婚姻就是人生最大的幸运，自己被伤了以后还是被这个男人守着过日子，骂也骂不走他。老莫幸灾乐祸地看着我不自在的样子，我只能跟老莫不停喝酒舒缓情绪。

吴微喝多了，一个没喝酒的艺术家朋友主动提出要送吴微回家，吴微上车前还不停大声叫嚷着痛快！徐锐走过去搀扶吴微，吴微忍不住趴在徐锐的肩膀上吐了起来，徐锐的西装满是吴微的呕吐物，可徐锐丝毫不在意。吴微眼神迷离地看着徐锐，拉着他的衣领说："知道吗？我等这一天等了多久，我就要开始新生活了。"

徐锐点点头，吴微把徐锐拉得更近："我从来没醉过，今天是个例外，你别笑话我，你想说的我懂，我只想让你放心，什么都不是问题，咱们好好的。"

我担心的事还是发生了，吴微把徐锐当成了我，虽然没有说出我的名字，但是意思已经表达了。徐锐不知真相，听了吴微的话露出笑脸，小声对她说："先回家，明天醒了再说。"

散场以后，徐锐把我和老莫还有李丽丽叫住，要跟我们聊几句。在车里，徐锐带着喜悦问大家："你们有没有觉得，吴微离我越来越近了？"

李丽丽问："你为什么这么说？"

"为什么？没听到刚才她上车前对我说什么吗？"

老莫点点头："听见了。"

"那不就得了。"

老莫看了我一眼，又对徐锐说："有没有可能她喝多了，这话并不是对你说的？"

"不可能，肯定是对我说的。"徐锐斩钉截铁地说。

"可是她今天真的喝多了。"老莫在尽力纠正。

"吴微跟我说过，只有在她婚姻结束后才会考虑下一段感情，现在她离婚了，刚才又跟我说让我放心，这还能有什么其他的意思？很明白了吧？"

李丽丽也附和说："对，估计吴微也觉得找个徐锐这样的男人更踏实，她老公不靠谱，虽然徐锐并不是她觉得最合适的人。"

老莫只能再补一句："喝醉了的人说的话，最好都别当真。"

徐锐自动忽略了老莫的话，看着我们，带着酒劲说："如果我真跟吴微成了，我得好好办几桌，再陪她醉一次。"

第二天吴微醒来，发信息问我在哪里，我说在家，吴微说自己胃难受，想跟我一起喝个粥，我让吴微开车来我家楼下。吴微答应我没几分钟，又给我打来电话，说徐锐到了她家楼下，给她带了粥，让她有点不知所措。我把昨晚吴微的行为和徐锐的反应一说，吴微不知所措地连忙问怎么办，我说还能怎么办，别人都把温暖送到家门口了，只能一起吃午饭了。

吴微不想单独面对徐锐，让我也去，我拒绝了，让吴微跟徐锐吃完饭再来找我。下午，我在李丽丽店里给几个顾客打针，吴微匆忙赶来，来了以后开始跟李丽丽闲聊，并话里有话地暗示我早点走。李丽丽没察觉出我和吴微的反常，只觉得吴微因为入股的事情，对这个店更上心了。李丽丽前夫送来了水果，进门后对我们礼貌地笑，李丽丽冷冷地说："放下吧。"

前夫点点头，叮嘱我们多吃点。李丽丽问："你什么时候去接孩子？"

前夫唯唯诺诺地回答："这不给你们送了水果就准备去。"

"行吧，那你走吧。"

前夫走后，李丽丽点了根烟继续跟我们聊天。我和吴微都说李丽丽对前夫的态度太过冷淡，这样下去对方会受不了的。李丽丽来了脾气："冷淡就能让他受不了，那我崩溃的时候呢？他做出那些事我都能忍受到今天，我冷言冷语几句就不行了？"

我回道："他用锋利的刀捅过你，你现在用钝刀割肉，两种方式都是伤害。不过要我选，我宁愿选第一种，钝刀割肉更残忍。"

李丽丽白了我一眼说："你对凡凡不就是这样？"

这句话把我噎住了，吴微在旁边也一脸尴尬。我起身准备走，李丽丽让我等一下。

"算了，我也不该对你撒气，还有件事没跟你说。"

我看着李丽丽："什么事啊？"

"我一直在想要不要告诉你，但是你迟早也得知道。凡凡也准备往我们这打一笔款，用你的名字入股。你也不用再隐瞒，她现在能在那个整形医院持股都是因为你，所以这算是一种回报，在经济上至少你们两不相欠。"

吴微在旁边带点酸味："凡凡真的对何一太好了，天天都怕他过得不好吧？"

我摇摇头："不，不可能，我不会接受的。你跟凡凡说，这个钱跟我没关系，我自己挣，以后就在你们这里打针拿工资，她不欠我的。"

李丽丽无奈地回："这话我说能管用吗？你自己跟她说去吧。"

我跟吴微一起回去，吴微心情有些低落，我也一言不发。车开到吴微别墅，吴微说晚饭让阿姨做好了，想跟我谈谈。饭桌上我们都没吃几口，吴微觉得现在她也有点别扭。我说："怎么可能不别扭？每个人都能控制你的思想情绪，逃不开、甩不掉。"

吴微坦言："我其实希望在我们的关系尘埃落定之前，你不要接受凡凡的任何东西，万一我们以后要走下去呢？"

我回应吴微："凡凡想帮助我，你都无法接受，要是她知道我们的事，你觉得她会是什么态度？"

"我能想象得到她发疯的样子，毕竟她对你的感情那么深，我是后来的。"

"总之，我们俩的关系现在越来越奇怪了。"

"我觉得这是一种进化，我们从利益关系上升到感情了。"吴微自信地说。

我仔细看着吴微，有艺术气质的女人始终有一种魅力，若是萍水相逢没有那么多奇怪的事，相处久了我一定会被吴微吸引，可偏偏这个艺术家给我带来了无尽烦恼，让我越来越畏惧她。

我问吴微徐锐那边怎么沟通的，吴微拍了拍自己的脑袋说："你不说我都忘了。中午跟我吃饭的时候，他明确表示了会努力朝着我想要的方向改变，在一起不是要跟我马上结婚，但如果相处后觉得合适，会随时做这个决定，在他结束婚姻前他会克制自己不给我压力，等告别了原来的生活，就用他的浪漫打动我，这是他人生唯一一次改变的机会，希望我能接受他。"

"认识他那么多年，他从来不会说这种话，现在对你说了，你就没一点感动？"

"我听了，一动都不'敢'动了。"

"总要给他一个回答吧。"

"我说了呀，我很感谢他对我的细心，但是我才结束婚姻,第一是想享受一段自己的生活时间,第二还有财产问题没有处理,要彻底解决还需要时间,所以这段时间还是希望跟他好好做朋友。"

我眉头一皱,吴微问我怎么了。

"你这么说,只会让徐锐越来越抱有希望,让我们以后越来越难堪。"

"那我应该怎么说?我这么说是不伤害他的最好方式。"

吴微这话一出,我顿时理解为什么吴微的婚姻会成这样,这个艺术家看似豁达聪明,但是凡是有关自身的事则稀里糊涂,甚至是非不分,只能以自己当下觉得最保险的方法来应付,丝毫不考虑长远影响。我不想再跟吴微多作解释,草草地说:"你这样也挺好,至少徐锐心情是好的。"

我从吴微家里出来,想回去休息,刚出门凡凡就打电话来,说她想跟我说说话。她说医院最近有几款针剂预约量很大,手术也一如既往排得很满,皮肤科没注意管理,出现了些小问题,每天忙得不可开交。

我等凡凡把医院的情况说完,低声问凡凡是不是想替我在李丽丽诊所里入股。凡凡也不避讳,承认了。我告诉凡凡无论我能不能跟她走到一起?都不会接受,因为她并不欠我什么。

凡凡一下子怒了:"何一,你少跟我装清高,什么叫几必能不能走到一起？你觉得我没人要是吗？给你脸了！股份你爱要不要，我也没那么大方！"

电话挂断了，我意识到自己不对，再次打过去，但凡凡不接，微信讨好了几句也没回音。我回家洗完澡躺下，微信里凡凡才回了一句：我气消了，可你为什么总伤害我？我们在一起就这么难吗？

这一次，凡凡的话让我认真直面了自己的灵魂，让我内心豁然打开，在刹那间作出了一个决定，要改变现在荒唐的人生，尽快跟吴微分开。我拿起手机认真地给凡凡发了一段语音倾吐心声，告诉凡凡我早已被她感动，希望她再等我一段时间，无论我的事业有没有结果，都会认真且正式地跟她在一起，收起我的个性，去过那种最平凡的生活。听完我的语音，凡凡回了几个字：

为你哭过多少次，这次是唯一感觉幸福的一次。

我们互相道晚安后，凡凡祝我好梦。我闭上眼睛，刚放下的手机又振动起来，是吴微：我在你家楼下，可以上来吗？

十八

我故意装睡着不回信息，吴微也没有上楼敲门，而是自己回了家。

吴微其实并不是一个睿智的人，或者说连正常思维也没有，这个落差让我对吴微迅速失去了信心，并不需要什么令人失望、寒心、愤怒的极端事情发生。

李丽丽想闭店几天把治疗室简单整理一下，让顾客提前来做项目。吴微介绍的几个朋友又消费了不少贵妇药，其中一个女人要改善私密紧致问题，又害怕手术。这次我没有再介绍荷尔蒙或者干细胞之类的坑钱项目，而是建议用大量童颜针注射效果明显，虽然价格极其昂贵。顾客接受了建议，并要求一定要我来操作。女人走后，李丽丽看着我笑了半天。我再次问起李丽丽对吴微的了解程度，李丽丽以为我是担心吴微变卦，让我放心，说吴微本来就挺大气，再加上台同签了、定金打了，这个店以后肯定会做得更好。

我怕我再多问几句会被李丽丽看出端倪，只能不再作声。我让李丽丽给我打了一支脂雕针和一支提升针。躺在注射床上，针尖在我的下颌缘和脸颊进进出出，我看着李丽丽晶莹的眼睛，映出我的面孔。我问她自己是不是很油腻，李丽丽说没有油腻，但说我总是一脸倦容。我说我也想像老莫那样轻松，无奈命不同。李丽丽笑笑，说轻松的人大多只是表面轻松，活得沉重的人是真的很沉重。

打完针，我肿胀着脸回家休息，躺在沙发上把冰袋按在脸上，迷迷糊糊地想入非非，屋里一片安静。凡凡下班后加了一会儿班，八点钟直接从医院过来找我，给我买了一些生活用品。进门后，凡凡看着我的脸肿着，问我是不是打针了，接着看乱糟糟的屋子，忍受不了，直接拿拖把去拖地。我让凡凡别动，凡凡说这屋子实在待不下去。等凡凡忙活完，我给凡凡倒水。凡凡坐在沙发上问我晚上吃什么了，我说还没吃饭，凡凡又忙着给我点外卖。我抢过凡凡的手机丢在一边，凡凡愣了，看着我。

"我觉得我病了，凡凡。"

"怎么了？你哪里不舒服？"

"心里，我现在活得很不正常。"

"你以前也活得不正常，以后就正常活着呗。"

"我想问问你。"

"什么?"

"如果我仍然没有选择跟你在一起,你会恨我吗?"

凡凡看着我回答:"当然,以前就恨,现在如果你再伤害我,我会更恨你。"

"为什么我总让你失望呢?"我叹了口气,自言自语。

凡凡一笑:"因为我心里没放下,不过再被伤一次,应该就放下了,这次我相信你。"

"相信我?相信我什么?"

"我感觉到你的内疚了,也感觉到你要跟我在一起了,如果我没判断错误的话。"

我点点头:"你判断得没错。"

"想好了,就主动拿钥匙开门,卧室的床上一直是两个枕头。"

"嗯,好。"

凡凡靠在我的肩膀上,让我不要再说话,她说每天医院的事太累了,跟我在一起就想做个简单小女人,可是总感觉自己像我的妈妈。凡凡说着说着迷迷糊糊睡着了。徐锐的电话声吵醒了凡凡,说马上到我家楼下,想上来坐坐,凡凡揉了揉眼睛起身,抱了抱我,拿着包离开了。凡凡前脚刚走,徐锐后脚进门,刚坐下就问上次送我的红酒还在不在。我不敢说实话，谎称是凡凡有一天来喝掉了。徐锐哈哈笑："我就说那瓶酒肯定不会存太久，我料事如神吧！"

我问徐锐有什么事，徐锐说："老莫这几天有点奇怪，我跟吴微现在明明马上要在一起了，老莫一直劝我别靠近吴微，不知道他抽什么风了。"

"可能他是怕你失望吧，万一结果不是你想的那样。"我有些心虚地说。

"关他什么事？他跟李丽丽这破事我都没说过他一句，我和吴微可比他们俩要名正言顺多了。"

"你大晚上来就是为了跟我抱怨老莫？"

"不是，是跟闻太师又吵架了，出来散散心。"

"为了什么呀？"

"什么事都没有，她就是找事，总是给我找麻烦。"

"你是不是忘了闻太师在这里跟我说的话？"我提醒徐锐。

"千万别提那天的事，你不知道我的生活处境，不能因为她那天的话让你觉得感动，我就该内疚反省，我不是小孩了，分得清是非。"

"行吧，你做你想做的事就行。"

徐锐闭上眼睛，靠在沙发上沉默了一会儿，突然睁开眼睛神秘地对我说："何一，有件事我不方便跟太多人讲，不过今天我想让你知道。"

"什么事这么神秘?"我疑惑地看着徐锐问。

"给吴微接风那天,你们以为吴微喝醉了,其实那天她很清醒,我们散场以后她给我发了信息让我去找她,不过你不要跟任何人说。"

"然后呢?"我紧盯徐锐的眼睛问。

"她问了我一个很奇怪的问题,她问我如果她是三婚,我还能不能接受她。我说当然可以,只要我们俩都把生活理清了就没问题,有过几次婚姻对我来说都一样。她说也许会有那么一天,因为她需要一个对她痴情的人,她看似强大,其实活得很没有安全感,生活里有一个人能死心塌地对她,她很容易沦陷的。"

"我觉得,我完全看不透吴微这个人。"我轻声说。

"我打了这么多年的官司,相信只要是个人,都有让别人看不透的一面。但是她跟我说,之前我设想的那些关于我跟她的未来规划,让她很动心。"

"好吧,我累了,想睡觉了。那你跟吴微就好好处呗。"

"怎么一说我的事,你就不在意?"徐锐有点不满意。

"徐锐,我觉得我该珍惜凡凡。"

"那还用说?凡凡才是最在乎你的人。"

徐锐跟我又闲扯了几句,估计闻太师已经睡了,起身回家，走到门口转身对着我笑："吴微没有让我失望，让我感受到了她的真正魅力。"

看着徐锐的表情，我一下子明白过来："你是说，那晚上你们已经……"

徐锐一脸坏笑："这事我们俩过后都没有提，我就当她喝醉了，她也当自己喝醉了，其实我知道，她已经接受我了。"

"这个确实让我没想到。"我平静地说。

徐锐得意地看着我："我还问她，是不是觉得我们这群人里更适合她的是何一，结果人家根本就不喜欢你，说可以与你做朋友，可以与你有利益，但是感情上，你是她最不可能考虑的人选。"

我一愣，问："哟，这是为什么？"

"因为她发现，你根本不会对谁动真感情。"

徐锐沾沾自喜地走了，走之前提醒我要绝对保密，吴微再三叮嘱他不能对任何人讲，可他迫不及待想让我提前知道。我感到一种被背叛的愤怒，吴微顿时在我的心里变得卑劣、恶心，我才发觉她跟我说的话里，一半是隐藏的假话，另一半是做作的假话。这样的女人不知道是可恨还是可怕，但凡一个稍微简单的男人都会被她蒙骗，并且对她的所作所为信以为真。

我迅速分析了当前的局势，我跟吴微的纠葛只有那一纸合同，合同里的所有条款都涉及我的利益，即便我拒绝，也不会有任何不妥。现在跟吴微没有任何法律上的关系，我应该当即跟这个女艺术家一刀两断。

第二天我约吴微见面，吴微说马上要出差，去上海参加一场艺术交流会。我不动声色地问她什么时候回来，吴微说要一周时间。我没有再多说话，打算等吴微回来就摊牌，接着我把这事情告诉了老莫。老莫听完骂吴微有病，李丽丽之前就说自己看不透吴微，没想到她真的藏得那么深，给自己留下那么多后路。

老莫想把这件事告诉徐锐，被我急忙制止，说徐锐现在已经上头了，如果知道真相，一定跟我翻脸，等我跟吴微谈清楚了以后，让徐锐去慢慢发现真实的她吧。

我问老莫："有一件事我想不通，既然吴微对我也不是真心的，为什么会给我这么多的好处，还想真的跟我结婚？这不合理啊。"

老莫想了想回答："对你应该是有感情的，你是她的第一选择，而徐锐无论从哪方面来说，都值得当个备胎。不过真相是什么，只能最后看她表演完才知道。"

李丽丽店里开始装修改造，暂时不需要我去，老莫看出我这几天心情很乱，于是约我自驾散心。徐锐听说我跟老莫要旅游，急忙把手里的案子交给了下属，说要跟我们一起。

徐锐一来，我跟老莫就只能一路装模作样了。

凡凡得知我们要去川西自驾游，提前给我准备了药以防万一，提醒我少运动，如果不舒服就及时吸氧，马上返回。

早上我们三人开着老莫的越野车，从市里出发，朝着四川方向行驶，中午经过成都，下午又经过了苏东坡的老家眉山，又直奔雨城雅安。在雅安服务区，晴空中忽然飘起小雨来。老莫提议去雅安市里转一圈，说雅安有三样宝贝——雅雨、雅鱼、雅女，值得一看。徐锐急忙挥挥手，说前年就来这里接了一个官司，吃了几顿鱼，没有任何特色，美女就更别提了，现在心里除了吴微，看谁都不像女人。

徐锐扫了兴，我们只得继续向前，驶往康定方向。徐锐在车上不断给吴微发信息，说一定要在吴微从上海回来前一天赶回去，他得去机场接机。老莫握着方向盘目不转睛地看着前方说："徐锐，你现在很危险。"

"哪里危险？我现在很憧憬以后的生活，闻太师说拟好协议等我回去就可以签字，如此顺利得到我想要的人生，我特别满足。"

老莫不屑地回："哼，你确定你看懂吴微这个人了吗？"

徐锐一皱眉："老莫你怎么回事？一直在泼我冷水，你很反感吴微吗？"

"反感倒没有，只不过觉得这个女人跟我们不是一类人，你们不会有结果。"

"那……你跟李丽丽就合适？"

"我们的相处方式很轻松，内心互相了解对方。"

"李丽丽这个女人，看似成熟，其实很幼稚，我给她打了这一场官司，发现她有些东西挺致命。"

"是吗？哪些东西致命？"老莫笑着问。

"太容易相信别人，很容易被别人牵着鼻子走，说直白点，有点傻。"徐锐回答。

"是有一点，但傻的女孩相处起来更轻松。"

我在一旁忍不住问徐锐："徐锐，现在无论如何你都要跟吴微在一起吗？"

徐锐转脸看着我："这话是什么意思？"

"没别的意思，想确定一下你的态度。"

"我的态度还不够明确吗？"

"其实我跟老莫想的一样，可能这个女人，我们这样的人根本驾驭不了。"

"谁说我要驾驭她了？我不想把她握在手上，而是想把她捧在手上，我当她的落脚点就行。"

老莫长叹了一声，让我们结束这个话题，既然人在旅途，就好好洗涤一下心灵，别再聊看不到结果的事。

晚上我们在康定城里住下，翻腾的河水穿城而过，餐厅里，牦牛肉和乌苏啤酒安抚着我们一日奔波的疲惫。吃饱喝足，我跟老莫住一间房。老莫问我吴微有没有发信息给我，我把手机丢给老莫。看到吴微在微信里对我嘘寒问暖，老莫冷笑起来："一个人可以同时说真话也说假话，道行不浅。"

"应该是同时说两段不同的假话吧。"我说。

"我想知道她最后的目的到底是什么，到底对你是动感情还是有阴谋，不过对徐锐没的说，就是最佳备胎的态度，话说好听，给足希望，随时反悔。"老莫语气很不屑。

"希望这个事最后风平浪静，永远不要让凡凡知道。"

老莫笑着关上灯："凡凡喜欢你，真是倒了八辈子霉。睡吧。"

这一晚我们睡得很沉，第二天醒来在路边小店吃牛肉面。突然门口传来一阵喧哗声，一个丰田越野车队集结，藏族青年男女欢声笑语，英俊的小伙和漂亮的姑娘在大家的簇拥下上车，人们唱起了歌，为新郎新娘祝福。

吃完面我们上车出发，老莫边开车边感慨："我一直有一种这样的感觉，在江南水乡或者川藏线的一个镇子里，也可能是一个村子里，有个姑娘一直等我去找她。她每天都在等我来，我一定会来，这就是我最理想的爱情。"

徐锐斜眼看了一眼老莫："我听着像间谍接头。"

老莫跟我一起笑起来，老莫摇摇头："所以啊，你还是没到那一种境界，我知道我永远遇不到，但是还是会向往。"

徐锐侧脸问我："你也觉得这是爱情？"

我摇摇头："对我来说，可能得不到的就是爱情吧。人生重新来一次，我宁可不结婚，独身，不去招惹也不亏欠任何人。"

徐锐感叹："人都说川西走一遭，身体在地狱，心灵在天堂。你们俩超脱得挺快啊！"

车沿着曲折的山路向上，康巴第一关折多山上风景优雅，天光云影映照海子，草原雪山或远或近地呈现在眼前。我内心里满是尘世的繁杂俗念，再美的景色也陶冶不了内心，洗涤不到魂中。吴微、凡凡、李丽丽和邱婷、杨妮妮……一个个性格各异的凡人的面孔在我脑海里飘忽不定。

中午我们到达了新都桥，吃了一顿牛杂火锅后又赶往民宿。休息片刻，老莫带着摄影器材和无人机催促着我们上车去渔子溪露营地。徐锐有点头晕，不想去，说要休息。我陪着老莫开车朝着远方的一座山奔去。路上我没有说话，老莫问我是不是很恐惧未来。我点点头，说也恐惧现在身边的每一个人。老莫让我别多想，该来的总会来，是好是坏又怎么样呢？就算是个劫难，过去了以后讲出来都不过是一个笑话。何况从目前的情况看，吴微跟我的契约并没有导致错误的结果，只是捉摸不透她的心而已。

我们来到渔子溪山顶草场，已经有很多车辆停在山顶草场路边，游人长枪短炮备好对着远处群山拍照。夕阳西下，放眼眺望，蜀山之王贡嘎雪山清晰可见，雄伟壮丽，苍白挺拔。另一侧的蜀山之后，四姑娘山缥缈若现，半隐羞姿。几个小时过去，在夕阳余晖洒落之时，白雪皑皑的贡嘎神山反射出一片金光，照耀天地，引得尘世之间的游人不断喝彩。待夕阳完全落下，山顶草场的牦牛、山羊成群归家，大家才意犹未尽地驱车散去。川西的晚风格外凛冽，瞬间从夏天进入冬天。我和老莫穿上了厚厚的外套，站在游人散去的山顶上沉默，只听见野草簌簌摇摆。

"你在想什么？"老莫问。

"什么也没想。"我看着远处贡嘎雪山的剪影说。

"跟凡凡结婚吧。我突然觉得这是你最该做的一件事。"

"你不是说来这就别想感情的事吗？"

"嘿，很奇怪，感觉远离了尘世，反而更惦记尘世，我现在特别想我儿子。"

"回去吧，太冷了。"

"我觉得可以再待会儿，等你想明白了再下山。"

"我已经想明白了，走吧。"

晚上徐锐在酒店饭堂里准备了菜和酒，我们只顾吃喝，话并不多。徐锐看到我们拍的照片，急急忙忙发给吴微，吴微在那边回：太美了，我也要去。

老莫也把照片发给了李丽丽，李丽丽回：可惜了，我不能去。

而我发给了凡凡，凡凡回：太远了，我不想去。

我们看着三个女人的信息忍俊不禁，老莫说这就是现实中的三种人：未得到的梦中情人，心照不宣的红颜知己，锅碗瓢盆的良母贤妻。我不赞成，说凡凡可不是家庭主妇，她可以活成任何人的样子，李丽丽也并非对一切事情都通情达理，而吴微……

徐锐放下酒杯，期待听我如何评价吴微，我说我还没想好。

晚上睡觉前，老莫问我刚才本来想怎么评价吴微，我淡淡地说："吴微是一个一言难尽的女人。"

十九

"你见过最可怕的事情是什么?"很久很久以前我问过邱婷这样一个问题。

"人说真话的样子。"邱婷意味深长地回答我。

吴微回来的时候问我有没有空去接她,我推辞说不去,吴微在微信里抱怨我还不如外人惦记她。我问吴微外人指的是谁,吴微反而说我没情趣,让我老老实实等着她,说给我带了礼物。我没有回消息,心里把打算对吴微摊牌的台词又过了一遍。

第二天,我订了一家安静的餐厅约吴微见面。吴微带着一个礼品袋走进来,看到我一脸笑容,把礼物递给我:"亲爱的,一点心意。"

我微笑着接过礼物放到一旁,让吴微先吃菜。吴微吃了几口,绘声绘色地给我描述这次艺术家聚会的趣事。我饶有兴致地听完，继续催促吴微多吃菜。吴微喝了一碗汤，见我没动筷子，给我夹菜，我笑着说不饿。

吴微又说起一个新认识的画家，希望跟她联手办一个画展，并且有资源请到一流的画家参与，操作一番后可以让自己的作品价值倍增。我点点头，夸赞吴微以后前途无量。吴微一皱眉："有这么官方地夸自己未来媳妇的吗？"

"至少现在咱们还不是那种关系吧。"我淡淡地说。

"何一，你怎么说话怪怪的？我高高兴兴回来，你没接我我还挺失望的，今天看到你又开心了，你就不能说几句让我高兴的话？"

"我也想，但是实在高兴不起来。"

吴微把筷子放下："你这是怎么了？"

我想了想回答："就是看到你心里有种恐惧感。"

"为什么？我哪里让你恐惧？"吴微一脸茫然地问。

"我觉得你太捉摸不透，人对未知的事和陌生的人都会有恐惧感，这很正常。"

吴微警觉地看了看我："你能说明白一点吗？到底想表达什么？我不喜欢你现在跟我说话的语气。"

我点点头："那我直说了，我觉得徐锐更适合你，他应该更想成为我现在的角色，并且不需要你付出任何代价。"

"你怎么又说起他了？我不都跟你解释过了吗？我们俩

的约定你是不是反悔了?"

"是,我觉得我们不该这样。"

吴微有些恼,喘着粗气:"你真让我无语!我到底怎么解释你才相信?"

"我从来都没怀疑过你,可偏偏你的话跟徐锐说的话完全是两码事。"

吴微轻轻问:"徐锐跟你说了什么?"

"吴微,徐锐真的对你投入感情了,你跟他说的话,让他保密,他没忍住,因为他迫切想让我知道快要跟你在一起了,生活马上变得不一样了。"

"何一,我告诉过你,我对徐锐说了一些模棱两可的话,目的只是让他不那么尴尬,而你和我就算领证,关系也会藏起来一段时间,所以我觉得,既然我跟徐锐是朋友,就没必要很生硬地拒绝他。"

"身体也不拒绝吗?"我说这句话时低头没看吴微。

吴微愣住,怔了一下说:"你在说些什么?莫名其妙。"

我喝了口茶水继续说:

"你还说过,我这个人对谁都无法认真,你绝对不可能对我产生真感情。我想不明白,你心里既然这么认为,怎么还要付出这么多的利益来跟我形成婚姻关系?我不是在指责你,只是觉得这不合常理,你已经接受了徐锐,你们俩水到渠成，完全不需要我来做这件事，更不用在两个男人之间说假话啊，所以我现在很想知道答案。"

吴微沉默了，低头喝了一口茶。

"能告诉我实话吗？"我追问。

吴微缓缓抬起头："我没有什么好说的，我跟你已经签了协议，你答应我的事要做到。"

我摇摇头："协议是签了，可我没拿你任何好处，我不会跟你结婚的。"

吴微严肃地看着我，我也严肃地看着吴微。僵持了片刻，我起身说："到此为止吧，协议作废，你投的钱还是你自己的，跟我没关系。"

我起身离开，吴微还是安静地坐着。我走出餐厅，心里顿时轻松了，觉得自己从此要过正常人的日子了。我在楼下买了一罐可乐，哼着歌走上楼，快到门口时把可乐一饮而尽，不由自主地吐出一个字："爽。"

就在我进屋关门的刹那，门外传来急促的脚步声，我还未反应过来，吴微便闯了进来，用力把我一推，接着反手把门关上。我退后了几步，瞪大眼睛看着吴微。吴微一把抓住我，急切地说：

"我承认我是个没有安全感的人，父母走得早，我从来没得到过别人真正的宠爱，我是个女人，像男人一样长大成人，又被一个心理有疾病的老公控制了那么多年。我错了，我不爱徐锐，但是我被他的真诚感动了，我想请你原谅我，何一，我真的错了。"

我慢慢把吴微的手拿开，看着她："你冷静点。"

"对不起，我不该对徐锐说那些模棱两可的话。我那天晚上喝了酒，想起这些年我时刻被控制的生活终于结束了，徐锐过来找我，我情绪释放时没忍住才会发生那样的事，我是真心想跟你在一起。"

"吴微，别说了，我们都不是小孩了，你所有的行为都是你的自由，本质上我们现在没有关系，以前我看不透你，现在依然看不透。"

"接下来我会跟徐锐一刀两断的，我会让你看到我是真心的。"

"不，不用，你可以接受他。"

"我只想跟你在一起！"吴微红着眼睛说。

"你不要再说了，我不要你任何东西，我们也可以继续做朋友，但是不会再进一步了。"

"我已经道歉了，你就不能原谅我吗？"吴微流出了眼泪，"我带着女儿背井离乡跑到南方来，就是想重新开始生活，我从来没有得到过别人真正的爱，接近我的人都对我不怀好意，直到我遇到了你们这群人。何一，我知道我的心理不健康，我好想你能来治好我的病，我想跟你好好走下去，如果你不愿意，也把这个忙帮到底好吗？我不会缠着你。"

我低头不语，吴微靠近我，我向后退了一步。

"你是真的不会跟我拿证了吗？"

我点点头："是的。"

"我再问你一次，你真不愿意帮我了？"

"不是帮不帮的问题，我是不想跟你有任何的利害关系，我看不透你。"

"你好狠心。"泪水滑过吴微的脸颊。

我看了看吴微，轻声说："你太会演了，而我是个不会装的人，无法跟一个善于表演的人在一起，就算你没有恶意，我也承受不起。"

吴微不再说话，低头擦了擦脸上的泪痕，自嘲般地笑了几声。

"何一呀，没想到，男人绝情起来也什么都不顾了。"

"我不是绝情，只是不能帮你完成这件事了。"

"那我就要重新回到以前的生活里了。"

"你可以用最正常的方式去解决，去法院申诉，也可以去找徐锐帮忙。"

"不，我就要你，就要你来帮我解决。"吴微带着哭腔说。

"我做不到了。"

"你能的，你一定能，我们有这一纸协议，你亲手签字并按了手印，我把款打给李丽丽，这份协议就生效了，具备法律效力。"

我微笑着说："协议的受益人是我，我可以放弃。"

"当然，你答应了我，我带你演完了所有的戏，就差一步我就彻底解放了，可你在这个时候要放弃我，我会答应吗？何一，如果你敢反悔，我会把这协议给所有人看，凡凡、老莫、徐锐、李丽丽，让大家都知道你为了利益做的一切。我还会放在网上，更多的人都会知道这个故事，到时候你身边的人，还有你不认识的人都会对你印象深刻的。"

吴微说着这些话，眼神浑浊，面无表情。我紧张地看着吴微："你真的是个疯子。"

"太多人逼我不能当个正常人，你明明能救我，却在最后一刻给我打击，我当然只能用疯子的方式来逼你，对不起，我不想这样。"

"所以，即便你承认了你跟徐锐的事，也觉得我必须帮你，不然你就要毁了我。"

"我不想毁了你，我只想对你好。"

"吴微，你听好，我现在已经开始了解真实的你了，有一点我可以确信，那就是我不可能跟你在一起过日子。"

"没问题！你就好好做几天我的老公，然后我们再分开，你拿到你应得的，我们两不相欠。"

"就算我答应你，也坚定了一件事，我会跟凡凡在一起。"

吴微眼里出现了血丝，眼神阴冷："你不要这么跟我说话！你要去找凡凡也必须是跟我彻底分开以后，现在，你得给我最起码的尊重！不要提她！"

我看着吴微的样子，知道这个女人极力隐藏着另一个扭曲的人格。我不敢再刺激吴微，只好用轻松的口吻说："我可以不提，只是今天能让我早点休息吗？"

"不行。"

"那你想怎么样？"

吴微也不知道该说什么，眼泪又流了下来。我假意安慰吴微，摸出手机偷偷给老莫发去了信息，让老莫火速过来缓和气氛。还好老莫及时收到信息，回复我：马上来。

我给吴微倒了水，让吴微坐在沙发上。吴微喝了两口水，情绪稍微平复了一下，轻轻靠在我的肩膀上抚摸着我的脸："我知道刚才是我不好，但我不会伤害你，你也别伤害我好吗？"

我点点头，吴微对我笑笑："今天这个事就忘了吧，我相信我们在一起会很轻松的，我真的不会再联系徐锐了，我知道该怎么做。"

老莫快到我家楼下时给我打了个电话，我故意开了外放，老莫大声问我在不在家，说晚上想找我喝酒，我说我想早点休息。老莫故意不答应，说买了酒来我家里喝，要跟我好好聊聊李丽丽的事，然后不由分说挂了电话。吴微起身说既然老莫要来，自己就先走了，免得被看见了解释不清。我点点头，吴微抱了抱我转身离开，门关上的那一刻，我才松了口气。

不一会儿老莫敲门进来说："我看到吴微离开了，才敢上楼。"

我点燃一根烟说："现在麻烦了。"

"她跟你说了什么？"

"我摊牌了，她不同意，威胁我如果反悔就把我们的事抖出来，让每个人都知道。"

"怎么这么刺激？"

"她确实是个精神不正常的人。"

"你现在怎么想？"

我叹了口气："不知道。"

老莫思索了一下，出了个主意："能不能这样，我来入股李丽丽的诊所，让李丽丽拒绝吴微投资，解决你的问题？"

我看着老莫，觉得可行，但转念一想，李丽丽和吴微的合同都已经签了，吴微肯定不会放弃，这个方法行不通。

老莫想了想，又出了个主意："要不然这样，你先直接跟所有人摊牌吧，特别是凡凡，就说你想挣钱买新房，为了钱答应了吴微，毕竟你们什么也没发生，只是利益交换，但是你到最后后悔了，凡凡说不定会原谅你。"

"绝对不会，她会崩溃，知道我跟吴微在背后这么欺骗她，她还傻傻地等着我拿钥匙开门回家，我却要跟别人领证结婚，你说哪个女人受得了？"

老莫无奈地笑笑："那你只能祈祷吴微不是个彻底的神经病了，能够跟你好聚好散。"

面对这个无解的问题，我知道老莫帮不了我，瞎聊几句后，就让老莫回家休息了。晚上我开了一瓶白酒，一口接一口往嘴里灌。人在独自面对晚上的时候更容易清醒，我知道自己已经把自己玩到绝境了，有了想逃离的冲动，好歹跟邱婷离婚到现在，自己也存了大几十万，如果现在走，去外地躲避一段时间再回来，也许所有的麻烦都烟消云散了。

我搜索了四川、云南和海南的旅游路线，浏览着每一个适合我独居的地方介绍，成都三环外的居民楼、腾冲市里的小公寓、乐东海边的老渔村……但想到凡凡我又泄气地放弃，如果我就此消失，凡凡找不到我的人，不知道对她来说这是怎样的打击。

我深思熟虑后，决定不去任何地方，直面接下来的所有问题，我已经如此了，再坏又能怎么样？抱着破罐子破摔的心态，我竟睡得很香。第二天醒来洗漱完，我收拾东西直接去了李丽丽店里，给几个顾客打完针后，看见李丽丽前夫又拿着水果走进来。李丽丽烦躁地看着前夫："你又来干什么！"

"给你送点水果。"

"你烦不烦！没事就过来送水果，没看到我多忙吗？实在要送，点外卖不会吗？"

李丽丽前夫像个犯错的孩子低头不吭声，把水果往桌上一放，转身走出门去。我对这男人产生了同情，看着李丽丽："差不多行了，现在没几个男人能做成这样了。"

"我也不想这样，可是我心里的坎儿没过去，我折磨他，其实也是在折磨我自己。"

我没有再劝，因为我深知自己现在的状态，根本没有跟他人讲道理的资格。中午吴微叫我到她的别墅去，我推辞说没空，可吴微说必须来，不然她会生气，我只好去了，吴微说阿姨炖了鸡汤，让我赶紧吃午饭。

吴微见了我劈头就说："何一，现在你是属于我的，所以我要照顾好你的身体，我不会打扰你工作，吃了午饭你该忙就去忙吧，我就在家里等你就好。"

我默默喝完鸡汤准备走，吴微送我到门口，给我装了一瓶梨花蜂蜜水，提醒我一定要勤喝水。我走在路上梳理了一遍现在的情况，猛然找到了一个突破口。吴微将款全部打给李丽丽那天，入股合同会正式生效，李丽丽肯定会邀请大家一起吃饭，到时候我让老莫配合我使劲灌醉吴微，在此之前，我会让吴微给我一把钥匙，告诉她说那天她和丽丽难免会喝多，等散场大家分开后我再去别墅照顾她。

吴微见我主动找她要钥匙，没有多想，二话没说就给了我，还笑眯眯地看着我："你终于开窍了，主动关心我了。"

我清楚地记得吴微跟我签了协议后，把文件放在了书房最下层的抽屉里，那里面还有许多文件，应该是一个专门放文件的地方。待吴微喝醉熟睡，我会偷出这份文件处理掉，再删除吴微手机里的聊天记录，以后再也不出现在吴微面前。

我把这个计划告诉了老莫，老莫听了我的想法，嘲笑我居然这么害怕吴微，接着问我是怎么知道吴微手机密码的。我说是之前陪她做理疗时，很多人给她发信息，她手上有药，不方便用指纹解锁，就只能用指甲轻轻输入密码打开，她输入了一遍我就记住了。老莫哇了一声，对我竖起大拇指，感慨道高一尺，魔高一丈。

老莫以一副经验十足的模样回应："找女人，怎么都行，但是一旦涉及结婚就得把眼睛擦亮。跟我投资时一样，只有当马上要转钱出去的时候才会认真审视一遍,这就是切身的利益忧患。"

"祈祷我能成功吧,到时候我拼命抵赖,谅她也没办法,毕竟已经没有证据了。"

"那万一吴微一直没醉怎么办?"

我点了根烟,眼神犀利地看着老莫说:"那天她要是喝不醉,你就别放下手里的杯子。"

二十

过了几天,吴微把全款打入了李丽丽的账户。那天晚上,李丽丽和吴微是饭局上的主角,所有人到场,大家依旧欢声笑语,觥筹交错。我强压自己的不安,挤出笑容与众人畅饮。凡凡也难得主动倒满酒,跟李丽丽和吴微喝个不停。老莫跟我轮番敬吴微酒,徐锐坐在吴微身边,替吴微挡着酒。老莫给我递了眼色,于是我掉转枪口对准徐锐,跟他猛喝。李丽丽察觉出一丝不对,问我跟老莫是怎么回事,喝个酒像寻仇一般。我和老莫异口同声说为两位女老板高兴,所以今天必须不醉不归。

凡凡悄悄拉了拉我,让我不要喝得太快。吴微倒是任谁敬酒都一口干掉,仿佛一心为了喝醉。我在洗手间的时候,收到吴微的一条信息:今晚我会喝醉,你要好好照顾我。

我回了两个字:当然。

我回到座位坐下,刚端起一杯酒正想着继续敬吴微,一个人悄悄走到我们的面前,一把把吴微抓住,大声吼叫道:"离开我你就这么快乐吗,吴微?!"

大家一怔,我定睛一看,竟然是吴微前夫。这男人像魔怔了一样喘着粗气,流着眼泪,死死抓住吴微的手不放,吴微被吓得大叫起来。老莫和徐锐准备上去解围,男人掏出一把刀对我们吼道:"谁来谁死!"

男人转头看向我:"何一,你抢走我的女人,你算什么东西!我得不到的,你就可以轻松得到吗?我告诉你,这个世界上不可能有谁比我对吴微更好!我可以把一切都给她!"

吴微被男人吓得说不出话,众人吃惊地看着我。我不说话,冷冷地看着男人。吴微哀求起来:"你别这样,我求求你,别这样,有什么话我们好好说行吗?他们都是我的朋友。"

男人大声叫:"我允许你交这些朋友了吗?你以前什么都听我的,我们在一起那么多年你都听我话,现在居然背叛我,要跟这个何一结婚!"

所有人的震惊的目光都落在我身上,徐锐向前一步:"你是不是有什么误会?吴微跟何一没有关系,你到底想干什么?你们已经离婚了!"

"对!我们是离婚了,就是因为这个何一,我们才会离婚的！他居然有脸来河北跟我摊牌。我告诉你何一，你什么也给不了她，只有我可以，你现在离她远一点，不然我不会放过你！"

我一句话不说。老莫急忙替我解围："兄弟，你冷静一下，何一不可能跟吴微在一起，我们很了解他，他有喜欢的人。"

"狗屁！那你让他女人好好看看这些照片！"

男人从身上掏出一沓照片扔在大家面前，其中几张扔在了凡凡脸上，照片里是偷拍的我跟吴微近段时间见面的场景。

"何一，你不知道吧？我最近都在这里，你们俩所有动向都被我跟踪监视着。"

他说完又抓起吴微的手机，强行要求吴微打开，然后拿出吴微给我发的信息，笑着念道："哈哈哈，'今晚我会喝醉，你要好好照顾我'。何一，你还真会勾引女人。"

男人把吴微的手机丢到桌上，凡凡面无表情地走到桌前拿起来看了一眼，然后对着男人说："不管吴微跟何一是什么关系，你身为一个男人，如果你觉得威胁就能让吴微回心转意，那你一辈子都不可能得到她。"

说完凡凡转身离开了，我没有敢去看凡凡一眼，还是直勾勾地盯着男人。男人抓起吴微转身要走，吴微冲我们绝望地说：“不关你们的事，我自己处理，对不起大家了。"

吴微被这个男人带走了，餐厅包房里只剩下满桌残羹和满地照片。李丽丽还没从刚才的突发状况里回过神来。徐锐走到我面前，对我笑笑，拍拍我的肩膀，拿起包和茶杯默默离开了。李丽丽淡淡地说了一句："我去陪凡凡。"

李丽丽也走了，只剩我和老莫站在包房里。服务员进来怯懦地问："你好，请问还吃吗？"

老莫让服务员先出去，接着把照片捡起来看了看后，撕碎扔进垃圾桶。我们俩坐下，沉默了一阵，老莫摇摇头开口说："怎么会这样？你现在怎么想？"

我闭上眼睛："我不知道。"

老莫皱眉："这下麻烦了。"

我喝了一口酒，苦笑一声。

"吴微晚上发的那条微信……你是为了执行你的计划吧？"

"现在说这些还有什么用？"

"我去跟凡凡解释，告诉她你心里本来就没想跟吴微在一起。"

"没用了，凡凡不会相信你的。"

"信不信都争取一下，我感觉她刚才走的时候情绪快崩溃了，我怕她出事。"

接着老莫给李丽丽打去电话,说都是误会,自己知道事情的全部过程,现在过去跟凡凡说清楚。李丽丽在电话那头骂起来:"误会个屁!何一真不是人!现在凡凡杀他的心都有!让他滚吧,滚得越远越好!你们这些人都不是什么好东西!"

电话挂断,老莫也苦笑起来:"这是李丽丽第一次对我发火。"

我站起身来对老莫说:"各回各家。"

一连四天,我像跟世界断联一般,所有的人都消失在了我的生活里。第五天的时候,老莫发来一条让人毛骨悚然的消息:昨天凡凡自杀了。

我浑身颤抖起来,赶紧给老莫打去电话,老莫解释说人已经抢救过来了。我痛骂老莫发信息不说清楚,问凡凡在哪个医院。老莫让我先别去,凡凡恨透了我,李丽丽现在寸步不离地陪着她。老莫对我说:"这几天还有一些事你得知道,等凡凡情绪稳定了我们见个面,李丽丽也有话跟你说。"

第二天我来到李丽丽的诊所,老莫坐在李丽丽的身边。

"我已经知道你跟吴微的事了。"李丽丽对我说。

"先不说我的事,凡凡现在什么情况?"我问。

"人没事了,她没想自杀,只是情绪太差,每天睡不着,白天在医院工作负荷太大,昨天给自己注射了丙泊酚想好好睡一觉，结果睡着后值班护士误以为凡凡要自杀，就送到了医院。"

我悬着的心这才放下来，长舒一口气。

"何一，你这事做得……我很难理解。"李丽丽皱着眉对我说。

"那就别理解，吴微那边我也不用去应付了。"

"吴微决定跟那男的回河北了，我明天跟她签个解约协议，会把钱全部退给她。"

我点点头问："我以后见不到凡凡了吧？"

"现在最好别见，你把她伤透了。但咱们关系不变。"

这时外面有顾客来打针，李丽丽起身出去接待。老莫说自己最想不通的是吴微那么想逃离这个男人，但是男人来闹了几天，吴微竟然又愿意回去，还跟李丽丽说自己突然想通了，世界上只有这个男人对自己最好，虽然行为很极端，可是能为了自己付出所有的也只有他了，所以决定带女儿跟他回河北，回到以前的生活。

"两个神经病。"我苦笑一声，"正常人谁受得了？"

老莫也笑："你还别说，这种病态的人往往比正常人更稳定。凡凡追你这么久，结果怎么样？"

我感慨道："是啊，单向奔赴的爱情还不如这种双向奔赴的'病'情稳定。"

老莫认真跟我说:"何一,凡凡那边情况很糟糕,李丽丽说凡凡可能真的想自杀,只是没死成才给自己找个理由,不想别人笑话她。"

"除了你,谁能相信,我做那些糟心事时,其实就是内心最想跟她在一起的时候?"

"人生就是这样,都说过程重要,其实只看结果。你有什么想跟凡凡说的?我帮你带话。"

我想了想说:"没有,我已经彻底没尊严了,我没脸面去打扰她,只要她别再做傻事就行。"

吴微离开这个城市之前,给我发了一条信息,信息里感谢我让她真正认清了自己需要的还是这个男人。我把信息给老莫看,老莫说这样挺好,世上有些病人的病正常医生治不了,只能靠另一个相同的病人来解决问题。

徐锐跟我也断了联系。有时候李丽丽诊所里忙不过来,会让我过去帮帮忙,我也照常糊弄一下顾客,拿点高利润的药品,自己多挣点外快。

每天忙完回到家里,我就一头栽倒在床上,一口饭也吃不下。一周后李丽丽见我瘦了很多,对我冰冷的态度也有所缓和,老莫还是玩世不恭地调侃我。只要他们一提起凡凡,我就会立刻被内疚和恐惧包围,吃进去的食物也会马上吐出来。

这天晚上，我收到一条匿名信息，内容是：何一，离开李丽丽的诊所，否则你有危险。

我好奇地看着这个陌生号码，打电话过去已经关机。第二天，我给李丽丽看信息，李丽丽也觉得莫名其妙。我问李丽丽凡凡最近情况怎么样，李丽丽说："她挺好的，现在正常上班，跟我通电话语气也很平静，就跟以前一样，只是不能提你。我本来想替你说两句好话，结果她马上就挂断电话，然后给我发信息说都过去了，别再提。"

我苦笑说："她那把钥匙还在我这里，你帮我还回去吧。"

"我建议你自己去，万一还有挽回的机会呢？"

"没有万一，我背叛了她，这一次比第一次还要伤人。"

"那你就把钥匙丢了吧。"

这天一早我拿着凡凡家的钥匙来到凡凡家楼下等着，过了一会儿见凡凡走出来，我赶紧躲起来。确定凡凡已经离开，我才坐电梯上楼，在凡凡家门口犹豫了一阵，用钥匙打开了门。家里一片整洁，屋子里弥漫着清香，那只土狗看见我兴奋得摇起了尾巴。我摸了摸土狗，对土狗说："你被遗弃过，知道找个主人不容易是吧？现在我也知道了。"

我把钥匙放在客厅餐桌上，随手关上了门，离开了凡凡家。老莫知道我还钥匙的事后，为了缓解我的情绪，晚上把我叫到一个会所，这是他经常招待客户的地方。老莫叫了几个漂亮女孩，又点了许多酒，我们聊着不正经的话题。几个女孩也很会来事，不断给我们倒酒，陪我们聊天。老莫点了首歌，唱得极为动情，女孩们起哄鼓掌。我旁边的女孩要给我点歌，我摆摆手说不唱了，女孩说那点一首唱给我听，我点点头。女孩点了一首《越过山丘》，带着偏左调子，用不标准的普通话唱起来。我盯着屏幕上的歌词发呆，感觉每一句都像是描写我失落的心情，每一句都让凡凡的样子在我脑海里浮现：

> 越过山丘，遇见十九岁的我，
> 戴着一双白手套，喝着我的喜酒。
> 他问我幸福与否，是否永别了忧愁，
> 为何婚礼上那么多人，没有一个当年的朋友。
> 我说我曾经挽留，他们纷纷去人海漂流，
> 那个你深爱的小妞，嫁了隔壁的王某。
> 我问她幸福与否，她哭着点了点头，
> 后来遇见过那么多人，想对你说却张不开口。
> ……
> 就让我随你去，让我随你去，
> 逆着背影婆娑的人流，
> 向着那座荒芜的山丘，

挥挥衣袖。

……

女孩唱完，大家各自饮酒聊天。我对着女孩鼓鼓掌，女孩又坐到我旁边，问我唱得好不好听，我点点头，又问我她漂亮不漂亮，我还是点点头。

女孩说："那你都没有问问我的名字，感觉不爱跟我说话。"

"那请问你叫什么名字？"我有点尴尬。

"叫我菲菲吧。"

"行，我记住了。"

"你这个人好奇怪，感觉你不开心。"

"因为没有能让我快乐的事。"

"那认识我算吗？"

"算吧。"

"真的假的？一听就不是心里话。"菲菲嘟起嘴说。

"是真心话，因为你唱歌的时候我很认真地在听。"我赶紧解释。

"那是因为我在认真唱给你听。"

老莫凑过来，让我别跟菲菲聊人生，而是应该开怀畅饮尽兴。凌晨一点，老莫和几个朋友还没有喝够，我起身要先走，菲菲问为什么不玩了，我说困了。菲菲把我送到门口，门外下雨了，菲菲让我回包房里多等一会儿，我摇摇头："累了，想回去睡觉了。"

"下着雨呢，你现在走，淋雨生病怎么办？"

"反正我已经病了。"

菲菲一愣："你有什么病啊？"

"很严重的病。"

菲菲不信，我对菲菲笑笑，让她早点回去，然后转身往外走。菲菲叫住我，给了我一个拥抱，再对我挥挥手跟我道别。我淋着雨来到路边，等了二十分钟才等到一辆出租车，回到家时衣服已湿透了。我把衣裤脱掉丢进洗衣机，打开窗户顶着风吹，全身打起了冷战，直到麻木了才关上窗户，然后痛快地冲了个澡。

第二天醒来的时候，窗外还是阴沉的天气，我头重脚轻开始发烧，全身没有一丝力气。菲菲给我发来信息问昨晚回家有没有淋雨，我说我已经发烧了。菲菲没有再回信息，我想大概是礼貌性问候。李丽丽打电话给我，听我说话有气无力，得知我病了，叹气道："我本来不想告诉你，但必须跟你说，昨天晚上凡凡回家看到了钥匙，又大哭一场，她托我转达你一句话，她不会相信任何人了，希望你以后也别出现在她面前。"

我气若游丝:"好,我知道了。"

"我过来给你输液吧。"

"不用了,你忙你的。"

我挂了电话,过了一阵李丽丽还是过来了,我支撑身体起床开门,李丽丽看到我叫起来:"天哪,你像个瘾君子一样,脸色苍白。"

"我不是让你别过来吗?"

"别废话。"

李丽丽让我躺下,给我挂上输液瓶,又在外卖软件上点了一碗粥。我看着李丽丽,内心觉得很温暖。

"丽丽,你是个好女人。"

"干吗说这个?"

"你和凡凡都很好,应该被人珍惜,可结果都没有。"

李丽丽深吸一口气转移了话题:"徐锐跟我说了,他觉得这个事其实也没什么大不了,这段时间他想通了,闻太师对他还是不错的,之前他的心思太乱,现在想想跟闻太师走下去也没什么不好。"

"闻太师很爱徐锐。"我无力地附和着。

"徐锐知道这件事不全怪你,只是觉得你不够意思,应该早把事情跟他说明白,他现在也觉得吴微完全不适合他。只是想起你们的事,他心里不太舒服,时间长了就好了。你们这么多年交情，不至于因为这件事就一拍两散，就当个人生插曲吧。"

我问李丽丽跟老莫以后有什么打算，李丽丽说老莫现在真正成了她的灵魂伴侣，两个家庭各自安好，世上有一个这样的知己很满足了，人就是要懂得知足，多走一步，很多好事就会变成坏事。但是怕跟老莫把握不好尺度，所以她在老莫面前总是装出一副并不怎么需要他的样子。

输完液后，李丽丽拿东西离开，给我留了点药。第二天，我退烧了，来到诊所点了午餐请所有员工吃饭。下午来了个老顾客，这女人前不久才带着男闺密来闹过，今天一反常态说效果挺好。我从供货商手里调了一支药，注射完以后，女人跟我聊天，说起了男闺密。这男人跟她相好很多年，一直希望她离婚，但是她的家庭很稳定，这男的却一直没放弃，所以就这么拖着。男闺密曾提出过进一步的要求，自己也犹豫过，但知道只要第一步走出去，以后就无法收场了，所以坚守着这道坎儿。

聊完以后她问了我的情况，说以前她担心我是江湖游医，打完就跑，现在看我一直在这里打针比较放心。我说这个药打的顾客很多，没有一个出现负面效果，可以完全放心。女人问我结婚了没，我说已经离了。女人笑笑："你和丽丽倒挺般配，你们好好珍惜现在吧。"

这句话说得我有点摸不着头脑。女人走了以后，李丽丽听我说完，觉得这女人有毛病，顺便跟我商量，从今天起，只给已付费顾客消费那些非正品药，等她们把荷尔蒙原液和一些高价项目打完，就彻底停掉。她说自己最近来诊所总觉得心气不顺，有不祥的预感，挣了这么多钱已经够了，以后踏踏实实做皮肤和常规无创。我点头同意，毕竟这个店是李丽丽的，我应该听她安排。

第二天我照常来到店里，一个年轻的模特过来打玻尿酸。我将针扎进女孩的苹果肌，一点点推进药物，当给女孩的半边脸打完准备收针时，一群人闯了进来，其中两人把我牢牢控制住，大声叫道："你放下手里的东西，不要动！"

二十一

这次卫生执法部门和公安特警的联合行动,直接改写了我和李丽丽的人生。

我被两个警察控制后,蹲在地上看着另外几个警察配合卫生执法部门的人将房间里的药品录像后全部装好。李丽丽惊慌失措地站在门口,一个男人大声地问李丽丽库房在哪里,李丽丽无奈地看了我一眼,指了指库房的位置,然后主动带着执法部门的人走过去。

大学毕业后我考取了医师证,但由于没有按时注册,已经失效。那天下午那个女人跟我聊天时全程录音,并提供给了执法部门。我非法行医不当得利数额不小,李丽丽的诊所当天就被查封。很快我就被起诉,徐锐赶到看守所要我尽量多退钱,跟我说非法行医罪判刑是不可避免的,何况我们注射的多种药物是三无产品,李丽丽也必须缴纳巨额罚款,停业整顿。

我看着一脸严肃的徐锐，挤出一个笑容："如果没发生这个事，咱们估计都没机会见面吧？"

"其他的事先不说了，你现在按我说的做，别抱侥幸心理，争取早点出来。"

"这些事从一开始都是我一意孤行，李丽丽和凡凡劝了我那么多次，我还是背着她们乱来，一定要帮我跟李丽丽说一声对不起，凡凡就不用转达了，我不想去打扰她的生活。"

徐锐领悟到我话里的两层意思，点了点头。

为了争取减刑，我在接受讯问时没有隐瞒，女顾客的录音证据确凿，我如实交代了长久以来注射顾客的数量和违规药物来源。唯独在被问到怎么跟李丽丽合作时，我说注射时李丽丽都不知情，李丽丽作为正规医师从来都不同意我的做法。之后，我将卡里的存款全部取出上缴，然后等待宣判。

判决结果出来了，我得在牢里服刑两年。老莫和徐锐低头不语，李丽丽忍不住抹起了眼泪。我看了他们三人一眼，没有任何表情。法官问我还有什么要说的，我想了想，摇摇头，跟着法警离开。

早上六点，起床号一响起，全舍监十二人起身叠被洗漱，点名后来到食堂坐下吃早饭。这几年熬夜成性，进来以后几乎夜夜失眠，早晨又强迫自己起床，整个身体不堪重负，一直熬到晚上十点熄灯，本应困倦到极限，却在这个时候异常清醒。每周一、三、五、六都要在厂房里剪裁衣服，有几次我在工作的时候迷迷糊糊睡了过去，狱警严厉地把我叫醒，让我认真工作。我看着手里白色的布料，想起了喜欢穿白色连衣裙的凡凡。此刻如果她得知我已经沦落到这个地步，会不会心里轻松一些？

一个多月后，我精神接近崩溃的边缘，有一晚我竟然顺利睡着了，从灯光熄灭开始，我就沉沉地进入梦乡，在起床号响起的时候睁开眼睛，头脑一下清醒，感觉空虚和恐惧减轻了很多。

这个早上，我洗漱过后精神百倍。用狱友老付的话说，这一晚是人生第二春，从此就进入了适应期。这一天以后，我慢慢正常了。

我在监舍里最为寡言少语，狱友们都三三两两成为朋友，只有我跟大家比较疏远。老付是唯一跟我关系比较近的人。所有人里老付性格最开朗，放风时间都是他组织篮球比赛或者游戏活动，久而久之，大家也认可了老付的为人。

老付第一次跟我说话，是我辗转反侧的一个失眠夜晚。老付悄悄来到我面前，我略带防备地看着他，没想到他递过来一支烟，让我抽两口。他发现我已经连续两周失眠了，宽慰我进来了以后再大的事都要放下，何况我在里面待的时间并不长，出去后还有未来。

我抽了口烟，觉得老付有一种亲和的感染力。一根烟抽完，顿时感觉这个监牢里也有了人情味。我问老付得待多久，老付伸出了五个手指，说现在已经三年了，还有两年。

我问老付："你怎么进来的？像你这么理智的人，应该不会做违法的事。"

"人，哪有绝对的？我前妻不要这个家跑了，我很理智地接受了。我开的店无缘无故被关停了，我很理智地接受了。我最好的朋友骗了我五十万，在我孩子刚满一岁的时候，逃跑前一晚，来了一趟我家，又把我卡上最后一万多块奶粉钱骗走了，我没法理智了。"

"你把他怎么了？"

老付微笑："我去他老家找到了他，本来想好好跟他讲道理，钱能还我多少就还多少。结果呢，他看见我就跑，我就一路追，追到了以后他抓着我大喊我是骗子，让别人把我送到派出所。当时我惊呆了，人怎么可以说出这样的话来？那一瞬间我啥印象都没有了，等我清醒过来的时候，他已经躺在地上不动了。"

"他死了？"

"没有，现在还活着，不过留下后遗症了。这两周我也失眠，因为女儿上周上幼儿园了，但我没办法送她去。"

我看着老付说:"我们不一样,生活对不起你,我是咎由自取,一心想挣快钱,现在才知道踏踏实实最重要。挺可笑的,身边很多人劝我小心,结果所有事情都搞砸了,才大彻大悟。"

老付淡淡一笑:"我们都是普通人,生活没什么大风大浪,都是步步错,步步悟。"

老付进来以前,刚刚找到另一半,那女人心甘情愿跟老付过日子,也很喜欢老付的女儿。惬意日子没过多久,老付想给这女人更好的生活才决定去找骗钱的朋友要钱,没想到就出了这些事。

前半年里,我没有家人来探监,老莫努力找了关系,申请了社会帮扶活动,我在进来的第七个月,才第一次跟大家见了面。徐锐、李丽丽和老莫跟我面对面的时候,大家沉默片刻,突然一起笑了起来。大家问我在里面是否习惯,身体是否健康。我说挺好的,在里面可以什么都不想,一点压力也没有,该做的事做完了就休息,有人管饭,有人管住,我恨不得住一辈子。

李丽丽露出了悲伤的表情:"你还装乐观来安慰我们,我们真的担心死了。何一,真的对不起。"

"这是什么话?是我对不起你,瞎整一通,让你店都没了。"

"没事，店关了可以再开。你要好好的，等你出来我们再一起踏踏实实做点事。"

其实我很想听到凡凡的消息，但是三个人没有一个人主动提，我碍着面子也没开口，其实心里也因为害怕不敢问。活动时间结束，老莫问我有什么事要交代，我摇摇头说没有。徐锐提醒我要主动多做好事，说我多少有点医学基础，碰见需要帮助的人一定要争取表现。我表示理解徐锐的意思，让大家放心，我尽力早日出来。

回到监舍后，我看着天花板一言不发，想着凡凡的样子，忍不住鼻酸，眼泪滑了出来。调整好心情后，我起身准备集合吃晚饭。这天老付的女儿也来探监，给老付带来的礼物是幼儿园的照片。老付晚上熄灯后偷偷来到我床前给我看，问我他女儿可爱不可爱，我点点头。

老付一脸幸福与忧伤地盯着照片："这小家伙，出生时没了妈，上学时没了爸，命苦啊，以后我出去了啥也不干，就挣钱，玩儿命挣钱给她花。"

我轻轻拍了拍老付："有你这个爸，她以后肯定很骄傲，看得我都想生个女儿了。"

老付眼泪流下来，捂着脸呜咽了几声，又抬起头亲了亲照片。

"睡吧，出去以后，你一定要来看看我女儿。"

"一定，出去以后第一笔工资，全给侄女包红包。"

老付抹了一把眼泪，捶了我胸口一下，我们各自上床睡觉。老付的眼泪让我心酸不已，牢狱生活的压抑在膨胀。我每天更加积极工作接受改造，想起了徐锐叮嘱我的话，我开始强迫自己任何事都主动去做，从打扫卫生到帮助狱友，每天积极地做好事。老付笑话我，说我中邪了，让我别为难自己。我告诉老付做这些不只为了争取减刑，还是让自己能不闲下来，好忘记烦心事。

"你最放不下的是什么？"老付问。

"一个女人呗。"

"出去以后你会找她吗？"

"没脸找了。"我苦笑了一下说。

老付想了想说："我现在的老婆特别贤惠，回头出去了，让她给你介绍一个跟她一样能过日子的人。"

除了工作，我一闲下来就只剩下发呆和思考。老付看似大大咧咧，实际上心思细腻。老付之所以愿意跟我走近，是因为觉得我跟其他人不一样，能在我身上感受到亲近感。我笑着说，这些话以前都是女人跟我说。老付开玩笑说这里没有女人，我可能具备吸引男人的能力。

冬天来临，有人从外面给我寄来几件保暖内衣和毛衣，没有署名，我猜想寄件人只可能是老莫或者李娜娜。

临近春节，老莫和李丽丽又来看了我一次，我问徐锐怎么没来，老莫笑笑说闻太师怀上了二胎，今天由徐锐陪着去做产检。我嘴里骂徐锐终于老实了，心里克制不住又想起了凡凡，可是话到嘴边还是硬生生憋了回去。老莫像看出我的心思，提了一句："凡凡现在过得也挺好的，可能她也放下了，我们问过她要不要一起来，她说跟你已经没有任何关系了，其实我看得出来，她是怕见到你控制不住情绪。"

"你们替我给她道个歉吧，我永远不会出现在她面前，我对不起她。"

李丽丽跟老莫走之前，提前祝我春节快乐，我忍住了泪，笑着对两人作揖。老莫说起凡凡，李丽丽在旁边一声不吭，看李丽丽的态度我就知道凡凡彻底把我放下了，进来以后抱有的最后一丝幻想也随之破灭。晚上老付看着我沉闷不语，问我怎么了。我呆呆地看着老付说："想女人了，跟你老婆一样贤惠的女人。"

春节晚上我们跟值班狱警一起包饺子、看春晚，我不想被节目里的煽情片段感染，尽量想别的事，老付却看得津津有味。在一个儿童节目里，老付高兴地对我说有个小演员跟他女儿很像，但自己的女儿更漂亮。等十二点钟声一过，我们整齐起身回监舍洗漱。我躺下以后，老付走到我面前说："新年到了，咱们快出去，加油。"

我笑笑,老付回到床上盖上被子。我迷迷糊糊正要睡着,听到一阵急促呼吸的声音,我睁开眼,看到隔床的老狱友身体抽搐着,我急忙下床走过去,发现可能是心梗,大声叫醒其他人通知监管,然后立刻对其胸口进行按压和节奏敲击。等医务室医生赶到的时候,狱友已经好转。我对监管和医生说:"他五十来岁,估计心血管硬化比较严重,很可能也有冠心病,应该做个全面体检。"

老狱友慢慢起身,拉住我的手,不停地说着谢谢。老付在旁边伸出大拇指。待睡下后,老付悄悄摸索过来,拿出一支烟:"抽一口,庆祝一下。"

我不解地看着老付黑暗中的眼睛问:"庆祝什么?"

"救人一命是大功,铁定减刑。"

我人生中永远无法抹去的感受,就是这一次牢狱的过程。这里没有电影中演绎的那些暴力情节,有的只无法撼动的规则。规律的作息和烦琐的劳动,会消磨掉一个人所有的意志和情感,若监牢之外没有希望,里面的人真有可能盼望就此终结余生。

我渴望着早日出狱,但一细想,发现我已经没有了期盼的事情,只剩下对自由的憧憬。老付经常对我说的一句话是:"任何时候都不要想不开,生活一团糟的时候就闭上嘴赶路。"

春节过完,我在会上被公开表彰,正如老付说的,我获得了减刑。真正的度日如年从减刑后开始了,我每天掐算着出去的时间,更加小心翼翼地遵守规矩,吃完饭,盘子里一粒米、一根菜都不剩。

在时间还剩一个月时,我又恢复了刚来时的状态,几乎整晚失眠,过往的事情夜夜反复浮现在我脑海里。最后一周时间,我已经双眼充血、眼圈发黑。老付看到我的样子,让我克制自己的情绪。老付还拜托我一件事,就是出去以后先去他家里看看,他老婆叫丽梅,让我告诉丽梅一定要安心,等他回来以后马上去找工作,还跟以前一样给她和女儿做牛做马。老付说着说着泪水涌出来,抽泣着抱怨老天不公平,自己这辈子一件坏事没做,却得了一个这样的结局,但是他不后悔。

出狱的前一晚,我竟然没有失眠,反而睡了一个特别好的觉,想起进来时老付说的话,这也许预示着新的开始。早上六点,听到狱警叫我的名字,我立马站起身来,狱警让我洗漱换衣,准备出狱,房间里的狱友一起鼓起掌来。好几个狱友都眼含热泪,我跟每个狱友握手,最后跟老付拥抱了一下。老付哽咽住,想出声又憋回去,半天才恢复情绪,吐出一句话:"先替我回家看看丽梅和女儿。"

我走出监狱大门的时候,阳光照在脸上,顿时觉得空气清香了很多。那种清香味虽一门之隔却闻不到，铁门外的阳光也更加温暖。我走了几步听见了汽车喇叭声，看见熟悉的越野车停在路对面，车门打开，老莫、李丽丽、徐锐跟我招手。我慢慢走到他们面前，每个人跟我狠狠地拥抱。我忍不住一下子哭了起来，这一年半的压抑在这一刻得到释放。老莫和徐锐一起安抚地拍着我的肩膀，李丽丽站在一旁抹着眼泪。我情绪平复之后，对三人笑起来，老莫问："吃火锅？"

我点点头："我想喝点。"

我坐上车，看着对面的监狱离我远去，目光仿佛突然穿过了高高的墙，看见了牢房内，此时是工作时间，老付正认真坐在工位上剪裁着衣服，手在布料中上下翻动，他红着眼眶，嘴里一直小声念叨着："丽梅，等我回家，等我回家……"

二十二

我记不清这一晚喝了多少酒，我一杯接一杯跟他们三个痛饮，向他们诉说我在里面的经历。这顿火锅是我这一年半来吃得最油腻的一顿饭，肠胃还没能适应，半夜在酒店醒来开始拉肚子，前后跑了七八次厕所，整个人都虚脱了。

我记得饭桌上我喝醉的时候忍不住问他们凡凡为什么不来，他们没有回答我这个问题。

中午时，我从酒店出来，一摇一晃走在街上，来到面馆里吃了一碗面，身体依旧绵软无力。我回到酒店退房，拿起行李回家。进了家门，房间里布满灰尘，还是我最后一天离开的样子。我慢慢拿起抹布、扫帚，把房间简单打扫了一下。李丽丽给我打来电话，说要来找我。

老莫陪李丽丽一起来到我家，给我带了一点生活用品和水果。老莫告诉我，邱婷不知道从哪里得到了消息，给他打过电话，叹息了几声就没再过问，现在邱婷跟一个企业家交往，有企业家的帮助，事业发展得很不错。

说完邱婷，李丽丽的话让我颠覆了自己的想象。

李丽丽说："何一，有些事我还是得告诉你，人不能活得不明不白。但我说之前，你还是得做一点心理准备。"

我点点头，准备认真听李丽丽说话。

"你进去以后，我就想知道到底是谁在背后捣鬼，把我们害得那么惨。因为那个女人只是被坑了点钱，不至于要把咱们赶尽杀绝，毕竟她也没那么大本事。吴微回河北后给我发了一条微信，然后把我删掉了，可能她觉得良心过不去吧，最后还是把真相告诉了我。原来整个事情都是那个富婆一手策划的。自从她输了官司以后，一直在找机会报复，那个来套你话的女人也是收了她的好处。她利用的人就是吴微，吴微本来就是个不安分的女人，跟一个有名气的画家关系复杂，富婆拿到了吴微的把柄，可以让吴微和那画家身败名裂，吴微不得已，只能被迫帮她实施这个计划。富婆给了吴微一笔钱，让吴微用这个钱买我诊所的股份，再作为股东收集我们违规的所有证据。她跟吴微说好了，要一边多收集证据，一边把投入的本钱收回来，利润她跟吴微各一半。吴微害怕这个事最后牵连到自己，所以找到你，跟你签了协议，等钱收回后把股份全部转给你。她不在乎钱，恩息把她那一部分给你，她只想保全自己，真到富婆报复的时候，她自己已经全身而退了。"

我默默地听着李丽丽的讲述，内心涌起了愤怒和憎恨。

李丽丽继续说："吴微本来想通过这个事，让自己摆脱富婆的威胁，顺便跟你结婚摆脱那个男人的纠缠，可是到了最后那一刻，她发现活在世上哪里都不安全，反而这个男人不会伤害自己，哪怕他是个病态的人，所以她选择跟他回去，我退给她的钱她也返还给了富婆。富婆并不是要针对吴微，见吴微要离开了也懒得再威胁她，就根据吴微之前给她提供的一些证据，找各种执法部门举报，还买通了那个女人搜集证据。因为富婆攥了我们太多的把柄，所以我们被彻底搞垮了。"

我沉默了许久，抬头看着李丽丽："吴微当时信誓旦旦说想跟我在一起好好发展下去，我居然真信了。"

李丽丽喊了一声："她演得越像你越不会怀疑她有别的目的，为什么她不让徐锐来当这个替罪羊？因为徐锐是律师，肯定比你有经验。不过她跟我坦白，真想过跟徐锐发展，觉得徐锐能给她安全感，所以她不能让徐锐来承担任何风险。"

我笑着点点头："彻底明白了，她本想利用我离婚，然后顺理成章把责任甩给我，接着跟我分开，再跟徐锐在一起。"

李丽丽叹气："我也想不到，原来她心思那么缜密，没人能看透的。"

我又低头发呆，片刻后抬头用轻松的表情问李丽丽："诊所关了以后你又做什么呢？"

"我跟老莫开了个火锅店，就是我们昨晚去的那家。"

我笑了笑："那挺好的，你生活彻底安稳了。"

李丽丽摇摇头哼了一声："我仔细想过，吴微也不知道我们所有的事情，这次我们被查得这么彻底，这个富婆能掌握我们所有的内情，可能不止吴微在使坏。能知道所有内情的，除了我、你和老莫，还有一个人。"

"不会是你前夫吧？"我不敢相信。

"有什么不可能？我们同处一室，每次打电话他在旁边都听得清清楚楚。"

"他彻底醒悟回归家庭了，对你一直心怀内疚，怎么可能坑你？"

"我对他的态度一直很恶劣，看得出来他也很压抑，他想回来不是因为对我有感情，而是受不了富婆的控制欲而已。"

我叹口气说："如果真是这样，你俩每天在家里还能过下去吗？"

李丽丽冷笑："我还没证据，如果真是他，我会有解决办法，现在很好玩，同处一室，暗中各藏一把刀，他迟早会被我抓住蛛丝马迹的。"

李丽丽和老莫走后,我想起吴微,本来应该愤怒的心却没有一点波澜,也许坐牢的这些时间让我有了消化坏心情的能力,我想起老付对我说过的一句话:看淡点,活着就会有爱恨。

我发现自己已经有看淡爱恨的能力,人情淡漠的邱婷、表里不一的吴微、聪明天真的李丽丽、被我伤透的凡凡,还有严谨又冲动的徐锐和深沉又豁达的老莫,对于他们这些人我都做好了接受或告别的准备。

第二天一早我买了一些水果来到老付家,敲开门后,老付的媳妇丽梅好奇地看着我。我礼貌地开口:"嫂子好,老付让我来看看你。"

当得知我是老付的狱友时,丽梅惊讶不已,硬要留我吃饭,想好好听我讲讲老付的事。我跟丽梅一起吃了顿简单的午饭,我说着老付在里面是如何被大家看成核心人物,又怎么跟我关系走近,一直给我帮助和鼓励。当说到老付对媳妇和女儿的思念时,丽梅边笑边擦眼泪,对我说:"老付这人平时可讨厌了,在一起时我瞧他啥都不顺眼,结果人进去了,我一下子就不习惯了,发现他哪都好。"

中午丽梅一口饭没吃,我倒是吃了两大碗,这家常菜的味道让我食欲大增,吃了一年多的大锅饭,觉得丽梅做的这一顿是人间至上的美味。我走之前留下了五百块红包，惭愧自己现在已经囊中羞涩，几百块对我来说也是一笔不小的费用。

丽梅送我到了楼下，我转头看着她说："嫂子，你好好的，老付也快出来了，能认识老付，我觉得进去一趟也挺值得。"

丽梅又红了眼眶，挤出笑容："老付能在里面认识你也算幸运的，等他出来你们俩好好喝一个，我给你们做下酒菜。"

看望完丽梅，我在家附近的小路上徘徊，思考接下来要做的事，纠结一番后，猛然发现我是个毫无生存能力的人。第二天醒来我去买了一套代驾的装备，只要踏踏实实，干什么都不丢人。

第二天下午六点后，我骑着折叠小车出发，戴着帽子和口罩穿梭在街道上，怕熟悉的人撞见，我又戴了一副黑框眼镜，彻底把自己隐藏起来。第一晚我一直干到快天亮才有困意，第二天我凌晨三点回家，其中有两单路程较远，收入三百多块。回到家洗完澡躺下，看着手机里的数字，心里酸楚，过去从未觉得挣钱如此不容易。但想想这收入起码能养活自己，早上也不用起床，我该知足了。

干了一个月，我慢慢摸出了门道，坐牢之前，老莫的朋友菲菲的微信我还留着，我联系了菲菲，说好了我介绍客人去消费，按比例给红包，几百到一千不等。晚上但凡给男人开车，我都会极力推荐菲菲的音乐餐厅。

如果遇到女客人，我会仔细倾听她们在车上聊天的内容，如果叹息自己衰老或对颜值不满意，我见缝插针给女客人建议，女客人会惊讶我为何懂得那么多专业的医美知识，我说自己曾经也是医生，因为生活变故现在暂时做代驾。女客人会对我的身份感到好奇，有些女老板甚至加我微信，说有下次出差包我几天做专职司机，路上多聊聊医美话题。

老莫等人经常问起我在做什么，我都含糊过去。李丽丽问我是不是又在外面给人打野针，我发誓说医美这辈子我都不会再碰。我跟大家联系越来越少，直到闻太师生孩子那天，我们一起到医院探望，每个人拿出红包，放到新生儿的枕头边上。老莫和李丽丽都劝我找个人过日子。我问老莫和李丽丽现在到底是什么关系，两人相互看了一眼，异口同声地说："火锅店合伙人呗。"

我继续干着代驾，从监狱的裁缝工位上走出来的人，做任何工作都不会觉得枯燥。一天晚上，我接到一单业务，来到车前，一辆熟悉的红色越野车映入眼帘，我内心一震，迟迟不敢靠近，那个熟悉的人就站在车前给我打电话，问我在哪里。我低下头走过去，凡凡搀扶着一个男人，我不敢抬头，礼貌地鞠躬，把折叠车放到后备厢。凡凡也喝了不少，跟男人坐在后排聊天，对我没有丝毫察觉。凡凡被男人拉住手，两人嬉笑着，凡凡带着撒娇的口吻说："陈哥，今天你喝多了，下次我还要主动约你。"

那个男人满足地回应："你放心，我答应你的事情不会食言，你的医院我肯定负责，先把你们作为我们公司的授权单位。"

凡凡笑起来："我就知道陈哥你靠得住。"

男人也带着撒娇的口音："谁让我把你当自己妹妹呢，跟你喝酒我是真高兴。"

到了男人的住处，凡凡对我说："师傅你等等。"

我看着凡凡把男人送进小区，然后走出来上车，这次凡凡坐到了副驾，拧开一瓶矿泉水大口喝起来。凡凡报了她住的小区地址，问我知道不知道在哪里，我不敢说话，只能专心开车，一路上我紧张不已，凡凡没有跟我再说话，只是看着窗外发呆。路上凡凡接到一个电话，电话那头好像是凡凡的一个女性朋友，听那边说了一阵子，凡凡用教导的口吻说："亲爱的，你现在年龄不小了，趁着他还年轻不懂事，傻乎乎地喜欢你，快结婚把孩子生了，等他再见两年世面，你就没机会了，这种条件的年轻男人不多，不听我的你会后悔的。"

挂下电话，车开到了小区门口，凡凡让我把车停在路边车位上。我下车去后备厢拿折叠车,凡凡对我说了一声谢谢,我还是低着头没说话,骑车准备离开,凡凡突然叫住我:"你等一下。"

我低头转过身面对凡凡,凡凡奇怪地看着我问:"你为什么一直不说话呢?"

我慌乱指了指自己的喉咙,凡凡笑笑:"谢谢师傅,我马上在手机上结账。"

我迅速离开,把凡凡丢在身后,头也不敢回,凡凡如果认出是我会是什么反应,我完全无法想象。我感觉此时的凡凡完全变成了另外一个人,仿佛成了第二个邱婷。

第二天中午,起床后的菲菲给我打来电话,说要请我吃个饭,感谢一下我这几个月对她工作的支持。我刚买菜回来准备做午饭,让菲菲过来吃。菲菲进门时我正好把菜端上桌。吃饭时,菲菲问我之前去了哪里,我如实告诉菲菲自己在坐牢,菲菲略感意外。我问菲菲会不会瞧不上我这种失足男人,菲菲笑起来:"你进去一两年算什么失足?我们这样的人才是一直在失足。"

"你还没结婚吧?"我问菲菲。

"当然没有,天天在夜场里干活,哪有空结婚?"

"那你想找一个什么样的男人?"

菲菲摇摇头:"我现在看任何男人都觉得没意思了,就跟妇产科的男大夫看女人一样。"

"所以就准备这样一直单着了？"

"再看呗，以后回老家找个男人嫁了，随便过日子。"

吃完午饭，我把碗洗干净，菲菲夸我贤惠，中午吃了我做的饭，下午一定要请我喝咖啡，我让菲菲省点钱，多喝喝水，晚上上班前喝两瓶酸奶养养胃。菲菲看着我笑："咱们俩也算有缘，工作都一样，睡到中午起床吃饭，晚上六点开始上班。"

我点点头笑："是啊，咱们都挣喝酒人的钱。"

菲菲开着刚买的车，下午拉着我在城市里兜风。出门前我把中午的剩菜和米饭装进饭盒带上，跟菲菲说明天中午可以吃，不用点外卖了。

菲菲边开车边跟我说她的经历，跟很多在会所上班的女孩一样，她家里条件差，很早就不上学进了社会。

菲菲感慨："时间真快啊，一晃我也三十了，现在不如以前了，可能真得换个工作，不然身体就得毁了。"

我们在滨江路转了一圈，菲菲把我送回家，我刚一下车，菲菲就飞快地开车离开了。第二天菲菲没把饭盒还给我。周末两天过去，周一上午十点我刚起床就听到有人敲门，打开门看到菲菲提了一包东西走进来，除了饭盒还有一包刚买的菜。我问菲菲是什么意思，菲菲没理我，径直走进厨房忙活了起来。我站在厨房门口不解地看着菲菲，看她洗菜、淘米、切肉，动作麻利熟练。菲菲不理我，只顾手上的操作，然后自言自语一样对着菜板说话："这几年遇到的人多得数不清，有的人喝完酒就直接删了微信，有的人一直照顾我的生意，但给我装剩饭剩菜的，就只有你一个。"

"所以，一顿饭你就感动了？现在来给我做饭？"

"别搞笑了，跟我们这样的人谈什么都行，千万别谈感动。"

"那你现在是干啥呢？"

"没什么，就觉得在你家吃饭挺舒服，又不能每次都让你做，就自己动手。"

菲菲说完让我在客厅等着，我傻坐在客厅看这个会所经理给我端来了一碗汤，喝完以后几道菜陆续上桌。吃饭时我们都没说话，菲菲像个家庭主妇一样把剩菜剩饭又倒进了饭盒里，然后看着我："不浪费，晚上接着吃。"

我点点头。

如此过了一段时间，中午我狭小的房间里多了一双碗筷，我做饭就图方便，两菜一汤，菲菲做就弄一大桌，然后吃两三天。

老付也出来了，经常约我吃饭，或者周末一家三口去周边玩把我也叫上，老付的女儿慢慢跟我熟起来，每次看到我都热情地叫叔叔。老付一直催我快点找个女人结婚，我笑说自己早就想好一个人过一辈子了。

晚上我下班后，到家楼下看到菲菲在门口等着我，我问菲菲来干吗，菲菲说今晚没客人，不想在家里待着。进了房间，菲菲像在自己家一样，躺在沙发上，我坐在沙发另一边，菲菲把腿放到我的腿上。

"何一，咱们搭个伙吧？"菲菲轻佻地说。

"得了吧，我现在干代驾，只能养活自己。"

"我能养活自己，不要你养我。"

"你择偶要求这么低吗？"我自嘲地笑起来。

"要求高也没用啊，条件好的也看不上我，只能放低要求。"菲菲也笑着说。

晚上菲菲睡在床上，我在沙发上躺着，菲菲突然从床上走过来，挤在我身边。

"干啥呢，不睡觉？"我在黑暗中睁开眼睛，看不清菲菲的脸。

菲菲摸着我的头发："第一次跟你喝酒的时候，怎么都没想到咱们会有一天挤在一间屋里。"

"所有发生的事，之前我都没想到过。"我闭着眼睛闻着菲菲身上的味道。

"何一，虽然我们是通过你那个朋友认识的，但是我并不感谢他。"

"你说的是老莫?"

"好像是这个名字,你们还有联系吗?"

"以前隔天就见面,出狱以后,联系不多。"

"我觉得他不好。"

"为什么?"

"有一次他单独约了一个年纪稍大的女人去我那,两人也不唱歌,房间里只有我给他们倒酒,他说他想让一个开医美诊所的女人事业失败,这个女人才会彻底依赖他。"

我猛地睁开眼睛,黑暗的屋子里一片沉寂。

"然后呢?"

"然后他给了这个年纪大的女人很多信息,这些都足以让那个女人开的诊所倒闭,他们俩达成了一致,要神不知鬼不觉把这事办成。"

我呼吸变得急促起来,菲菲抚摸着我的胸口:"你怎么了? 不舒服吗?"

我努力克制住自己的情绪,平稳心情,跟菲菲说没事,菲菲确定我没有异常就放心地睡着了。我睁眼看着窗户,拳头攥得很紧。我一整夜没合眼,老莫的样子一直在我脑海里,甚至有一瞬间,我觉得我就是老莫。直到天慢慢亮起来,我的手才慢慢放松。上午菲菲醒来,我已经做好了早饭,让菲菲起来吃。在餐桌上,菲菲一脸温情地吃着早餐,看着我问睡得好不好。我摇摇头,告诉菲菲我没有睡。

"那你一晚上都在想什么呢?"菲菲睁着大眼睛看着我问。

"我在想,你是不是真要跟我一起过日子?"

"如果是真的呢?"

"我就任何事都不再计较,累死累活去挣钱养家糊口。"

"什么意思?你要跟谁计较?"菲菲不解。

"你真的想吗?"我平静地问菲菲。

菲菲轻轻点点头,笑着说:"当然是真的。"

尾声

没有人知道我跟一个女孩悄悄开始了新的生活，干了一段时间代驾后，我通过熟人的关系在一家小型医美机构做起了咨询医生。入职那天，菲菲辞去了会所的工作。

三个月后，我跟菲菲在一个县城的酒店里办了一场热闹的婚礼，到场的都是菲菲家里的亲友，我这边只来了老付一家人。在县城的边上，有一条清澈的小河缓慢淌过，住在县城的这些日子我经常一个人在河边发呆。菲菲父母在河边开了一个餐馆，味道跟菲菲做的午饭一模一样。

我跟菲菲在县城里待了大半个月后，坐高铁返回市里。菲菲回来后找了新工作，我跟老付商量一起开店，老付以前做过音乐老师，店里经营乐器，一来老付时间更自由，二来女儿也到了学乐器的年龄，可以让女儿耳濡目染。菲菲手里有些闲钱，都给了我，让我在老付店里入股。

李丽丽、徐锐和老莫偶尔还是会约我一起吃晚饭，我从未带菲菲见过他们，每次吃饭我都尽量少喝酒，在十一点前离开。这天在火锅店，我喝完一杯白酒，推托说家里有事，起身要走，徐锐抱怨我又扫兴，说我一人吃饱全家不饿，家里能有什么事？李丽丽不满地看着我："何一你越来越冷漠了，总感觉对我们几个藏着掖着的，你现在是怎么了？"

我对李丽丽笑笑，又看了看徐锐，最后看了一眼老莫，目光从老莫平静的脸上一扫而过，对大家说："我前段时间结婚了，我想好好过日子，每天都想早点回家。"

三个人一起瞪大眼睛看着我，一脸不敢相信的表情。

我点点头："真的，我结婚了。"

徐锐吞吞吐吐地问："她是……谁啊？"

我看着三张惊讶的面孔，微笑着说："她是一个让我觉得挺轻松的女孩。"

致读者

这是我的第四本小说,从枯燥无味的《锋利无比》到平实寡淡的《整形术》,再到略有社会人情沉淀的《亲密的关系》,每一部作品的诞生,我都能看到自己的生活经历和生活感悟在积累在加深。这本《身不由己》也是一部贴近生活的小说,里面很多故事原型都是我道听途说的生活片段,但故事本身是虚构的。过去很多朋友看过我的书会疑惑书里某个人是不是我,让我不知如何解释,其实还有很多更荒谬的事根本无法在书里呈现。

我的每一部作品最终都希望能改编成剧,所以在写的时候非常期待书里的情节能更接地气,引起读者的共鸣与回味。

此刻我正坐在重庆到西安的高铁上,去讨论一个剧本,两天后将回到重庆继续处理整形医院的日常事务。就在这来来回回的路途中,我将故事写完,怀着敬畏的心落下句号,然后发给责编张星航老师。2024年,这个故事将会跟很多认识我和不认识我的朋友见面,那时的我们,是不是又已经经历了更丰富的生活，增添不少新的人生感触了呢？

  如果有幸能让你读完我的故事，我希望能听到你读后的感想和声音，因为这些声音会一直鼓励我在创作道路上继续前进。

张苏逸
2023 年 6 月 2 日